# 她的别样生活

林孖 著

Comte Barcelona
巴塞罗那伯爵出版社

Her Other lives
First edition
Editing by Qinfeng Zhang
Front cover and book design by Tianyu Lu
First printing February 2020
Published by Comte Barcelona

ISBN: 978-84-121437-8-2(Paperback Edition)
ISBN: 978-84-121437-9-9(Digital Edition)
Visit https://comtebarcelona.com

书名：她的别样生活
著者：林孖
版次：2020年2月第1版
编辑：张秦峰
封面和排版设计：陆天羽
出版发行：巴塞罗那伯爵出版社

ISBN: 978-84-121437-8-2(平装版)
ISBN: 978-84-121437-9-9(电子版)
详情可访问网站：https://comtebarcelona.com

献给异域漂泊的有情人。看！那平静的岁月闪着粼粼波光……

# 目录

# 楔子

经历了几次冷空气的洗礼，北京连下了两场雪。

三子曾经很喜欢雪。她喜欢空中随风起舞的飞雪的风致，喜欢地面莹莹闪闪的积雪的素净。故乡那种纷纷扬扬、又冷又温柔的鹅毛大雪，能在一夜之间遍布山野、田间、房舍，掩住破败与不洁，把真实世界变成童话。

可北京的雪，她不喜欢。北京的雪少有铺天盖地的气势，总是让三子有种恨铁不成钢的气短。更令人沮丧的是，好不容易下一场大雪，一转眼就脏了，这个城市容不下这份纯净的洁白。

堵在送孩子上课外班的路上，看到前车轮卷起的黑色雪泥和路边的黑色雪堆，三子的心情很坏。

北漂了十余年，在这里立业成家甚至生子，可这个城市仍然给她熟悉的陌生感。仿佛有一条地图上国界省界的虚线，在三子的城市版图上圈出了一个小小的模糊的区域，在那个区域里，有一股异乡为家的味道，而出了那个区域，便是外太空般的虚无与茫然。偏偏那外太空一直雄心勃勃地长大、长大、长大……，无边无际、永不停歇地伸向她永远都不可能熟悉的疆界。

北京仿佛一个黑洞，慢慢地吸掉她的精血。日复一日，镜子里粉嫩的、带着婴儿肥的脸，神不知鬼不觉地干瘪了，变了颜色。在这黑洞里，她只是一个肉眼看不到的茧虫，却看不出羽化成蝶的迹象。

终于卡着时间把孩子送进了舞蹈教室，三子暗地里舒了口气。想用这点儿等候的时间，在想象中，把自己彻底封闭起来，做一只茧。

　　她真的就这样做了，躲在茧壳里，做着自己的梦。在梦里，她任意穿行于平行宇宙，她可以重访年轻稚弱的时代，也可以安于当下的中年老成；有时傻白甜，有时白骨精；甚至变性成男人未尝不可……，在想象中她可以无所不能。

　　若是说在她平庸的外表下有什么非凡之处，那就是她自娘胎里带来的天马行空的想象力，无需借助宫斗、穿越剧本，她就可以给自己一段全新的经历。这个隐蔽的特异功能，让她不会那么厌弃自己这乏善可陈的人生。

　　那么不用说，女主人公得叫"三子"。

　　接下来的问题是，这些梦与爱情是否相关呢？

　　三子为此颇费了一些脑子。如果标新立异的话，就应该说本梦与爱情无关。因为这是历史上真情真爱最淡薄的时代，爱与情都已成了游戏，空前绝后地玩到了"速配"一级。可这又是爱情文字和爱情故事最流行的时代，最幼稚的霸道总裁式爱情都让人趋之若鹜，赚取大把的鼻涕眼泪。三子很想让自己的梦与爱情无关，可终究少不了爱情……

　　既然是一些爱情故事，那么是排演成悲剧还是喜剧呢？

　　安徒生写的童话，是三子最初认识的爱情故事，结尾总是这样一句话：从此，他们幸福地生活在一起。想想看，美丽的公主和英俊的王子的故事原本就该是这样的。可现实生活里，戴安娜王妃已香消玉殒，当然这该怪她不是真正的公主，查尔斯王子也实在不够英俊。

　　和普通人一样，三子早已经不再相信童话里的爱情结局。但无论如何，大家还是喜欢美满的尾声，算是聊以慰藉生活中的种种天不遂人愿。

　　三子觉得，自己的梦结束语应该是："从此，他们……生活在一起"。至于是填上哪个副词：是"幸福地"还是"痛苦地"，或是"无奈地"

抑或是"麻木地"，各人就根据各人的经验经历、道德观念、兴趣爱好、文化程度等各自发挥。可是，这漫漫长冬，也不知道要做多少的梦，三子也不确定会不会每个梦都听凭她的安排。

顾不了太多，三子迫不及待地闭上眼睛。

## 懒得恋爱就结婚吧

　　三子其实已经醒来好长时间了。像所有的星期六一样，三子虽然早早地醒来，可却一直赖在床上，翻过来倒过去地折腾，时不时地打个盹。不过，手机响的时候，三子没在打盹。

　　三子正在"性"头上。

　　三子上初中的时候，生理卫生课讲到生殖系统，老师除了简单地、有选择性地复述了课本的内容之外，另说了一句话，大意是：手淫是一件无利于身心成长的缺德的事。说完之后，用威严的目光扫过了全班同学。三子的同桌源，当时就红了脸低下头。三子没红脸也没低头，因为她没明白这句话的意思。

　　不过，三子一贯勤奋好学，哪里能容忍自己对老师的话不理解呢。那个周日，三子特意去了趟市图书馆，当她面色潮红地从图书馆里走出来时，对手淫、性交、高潮等词的定义已经了然于胸了。

　　当天吃完晚饭，三子就回到自己的房间上床休息了，爸妈相信她的确是病了，因为三子连集集不落的《血疑》都没精神看了。

　　可他们不知道，三子在床上并没有休息。

　　三子的第一次理论联系实际活动刚刚要进入实践时，就被进来给她量体温的妈妈打断。当时的她，好像是一个终于下定决心上吊的人，刚把脖子伸进绳套，就要窒息的功夫却被人一刀斩断了绳子，扑通一下掉在地上，摔了个七荤八素。

　　等妈妈表达完亲女之情出去后，三子有好长时间没法真正地实施第二次理论联系实际活动。一时间她的脑子里全都是"性无能"这个词，好在又折腾了半个多小时，她终于无师自通了。在高潮袭来的一瞬间，她突然想到了源，并没来由地断定，源此刻正和她一样，像是一条上了岸的鱼一样，张着大嘴无声地呻吟着。

而此时此刻，三子是不必控制自己的，在手机高亢的国际歌声中，她放肆地干着无利于身心成长的缺德事儿。对方终于放弃了，手机不响了，她则像一滩软泥一样躺地床上，呼哧呼哧地喘着粗气。

慢慢爬起身，脑袋忽忽悠悠的，把床头柜上放着的昨晚的半杯凉水喝下去，定了定神，她跟跟跄跄地走进了卫生间。

自从有了自慰的毛病，三子便十分留意关于这方面的说法。少年时期，所有的书上众口一词地讲什么手淫会导致注意力不集中记忆力衰退精神萎靡道德沦丧最终走上犯罪道路，总之是没什么好结果的。后来，说法慢慢地多了起来，但还是批判的多些。三子最后看到的说法是一本的美国性学专家的专著，其中提到手淫时说：没有确切的证据表明，手淫会导致人的注意力降低、记忆力衰退，也没有证据表明手淫的人的犯罪率高于不手淫的人。这个论判终于使她满意了。

可无论如何，对于自己沉迷于自慰这件事，三子还是怀有原始的负罪心理，所以，每次结束之后，都要彻底地洗个热水澡，好像以此表明自己要重新做人——做个干干净净的人。

她满意地看着镜子里的自己：清爽的及肩直发，干净的脸没有涂任何化妆品，银灰色的短袖 T 恤，发白的直筒牛仔裤，很本分、很恬静的样子。她喜欢自己这样的形象，配合她清白单纯的履历，三子就是那种人们以为自己能一眼看透的女孩。她很得意于自己能制造如此完美的假像，并迷惑了几乎所有的人。

三子突然想起了刚刚的电话，忙把手机从枕头底下翻出来，是洪。

她想了想，回拨。

"刚刚怎么不接电话？"电话一通就听到洪急急地问。

"洗澡呢，没听见。啥事儿？"

"没事儿，就是怪想你的，你想不想我？"

"你这才出差三天，还没想起来呢。"三子笑着说。

"你就不能说想我，让我也高兴高兴？"

"我想你，想你想得想睡觉！噢，不……不对，是想得睡……睡不着觉。"

洪被她气乐了："算了，跟你就讨不来一句正经话。"

"都老大不小的了，哪儿那么多肉麻的话说。"

"说正经的，这次我回去休两周年假，你和我一起回我家吧。"

这已经是洪第五次正式提出让三子和他一起回老家了，按他的说法，他爸他妈盼儿媳妇脖子都盼长了，就等着她点头了。

其实三子也没什么可犹豫，和洪住在一起都三年了，无论是相识之初还是相处之后，也无论是远观还是近瞧，洪都没太多可挑剔的，可她仍然一而再、再而三地推延跟洪回老家的时间，她嬉皮笑脸地说："我太丑啊。"另一方面，她同样制造各种借口阻挠洪去见她的父母。

洪说："你不想嫁给我吧？"

三子说："你当我什么人啊，人尽可夫啊？！"

她横眉立目的样子加上她将处女之身交付给洪的事实，使洪理所当然地将这句话理解为："我这样纯洁的女孩儿，贞操都交给你了，怎么可能不想嫁你？"洪于是立刻认罪反省，接着去想别的方式来刺探三子对婚姻的态度。

其实，三子的话真实意思是："我不是人尽可夫的女人，所以，我暂时还不能让你当我的丈夫。"

可她还在等什么呢？她自己也不太清楚。

三子喊着："不要了，洪，疼死了，不要了！"箭在弦上的洪根本不理她。她想他可能根本没听见她在喊什么。事后，三子像被掏空了一样，猫着腰捂着肚子泪眼汪汪地坐在床边发呆，洪坐在她身边不停地搓手，反复说："我一定娶你。"

她心里骂："狗屁，谁要你娶！"

虽然事先三子知道会疼，但还是没料到疼得这么厉害。而且原以为洪有经验，会让她这一关过得舒服些，没想到这小子竟一点儿怜香惜玉的心肠都没有，回味着刚刚的经过，只有"痛"，没有"快"，三子心里恨恨地无法释怀。

三子一脸沉痛地收拾自己的背包离开洪的家。洪一路跟着她。她不理他，保持着泪眼盈盈的状态，一副遇人不淑遭人蹂躏的良家女子形象把洪快逼疯了。之后的一周里，三子对洪避而不见——怕做爱。

洪当然猜不到她的真实想法，把她堵在家门口要立刻与她登记以示诚心。这倒把三子吓着了，忙收起沉痛顺势做出委曲求全的样子说："哪里就慌到这种程度了，真这么突然结婚，我爸我妈该以为俺未婚先孕呢，还不打折我腿？！"

就这么着，三子和洪你来我往地住在了一起。

这时候三子发现了手淫的缺点：她感觉不到与洪共同解决生理需求比我自行解决有更多的快感。事实是，当她真正需要时，他往往搔不到痒处；而她不需要时，却不得不为了他的需要做点贡献。她在他的怀里喘着粗气小声大气地呻吟，佯做陶醉，并为自己出色的表演暗自喝彩。

尽管如此，有一个属于自己的男人还是不错的，因为他能填补生活中许多无聊的空白，让人忙碌起来。比如聊聊天吵吵架吃吃饭逛逛街，都既打发了时间又运动了筋骨，还能使自己处于激情发嗲状态不至于太快变老。虽然偶尔三子会觉得和洪在一起比无聊更无聊，但生活就是需要些无聊的。

三子说："你怎么总是这么突然啊，我们请年假要提前一个月申请的你又不是不知道，你现在才告诉我，等我请下假来你都从老家回来了。"

洪说："你到底去不去？"

"你这是最后通碟？我可不可以把这理解为威胁？"三子笑嘻嘻地说。

"随便你怎么理解，我就问你到底去不去。"

三子听出洪有点儿急了，忙说："我当然想去啦，你容我周一跟老板说一声啊。"

挂断电话，三子挂着腮帮子想这回又得编个什么辙混过去，想了半天也没头绪，肚子倒开始叽里咕噜地乱叫了。她绑上腰包出门觅食。

坐在马路牙子上啃着鸡腿汉堡，看着眼前来来往往的人腿，秋天的北京街头明媚的阳光、热情的空气、充满活力的红男绿女，真是让人慵懒并快意，这自由自在的感觉让三子下定决心，一定要在周一编出一个好理由拒绝跟洪回家。实在不行，她还可以对老板说我终于想通了，同意去那个山沟沟里去出几天差。

三子打通了闺蜜柔儿家的电话："喂，给我个结婚的理由先。"

"又来了你！还在求证婚姻是一种错误啊？！"

"难道不是？"

"跟你说过一百遍了……"

"对于追求结果的人来说婚姻是归宿，对于追求过程的人来说婚姻是坟墓。"

"换句话说，如果你还有精神头恋爱就不要结婚，如果没有这精神头了就赶紧嫁人了事。"

"哎，你说，洪怎么样？"

"我说顶什么用啊，我又没想嫁他。"

"我觉得他就是个鸡肋。"

"废话。你想啊，一大盘子鸡端上来，那好吃肉多的部位一早就被大家抢光了，剩下的可不就是鸡肋和鸡屁股？要不，你换一个鸡屁股？虽然说起来不好听，可是肉肥且多，别有一番风味啊。"

"就像你那位？"

"耶？你怎么知道他是鸡屁股？尝过？"

三子对着手机张开大嘴狂笑起来，过往的行人都侧目而视。

"我最近突然明白为什么说恋爱是年轻人的事了。"

"讲来。"

"这要想闹恋爱，首先啊，得胳膊粗力气壮，和情人溜弯从清早溜到后半夜腰不酸腿不痛；第二肺活量得大，KISS多长时间也不许申请松开倒气儿的；第三心脏功能得好，无论什么样的喜怒哀乐悲欢离合的都不会引发心绞痛；第四性欲极佳，要招之即来、来之能战、战之能胜；第五记忆力要好，一年三百六十五天每天是什么纪念日都得记得清清楚楚。似我们这等，只有在评选全国十佳青年时还能算在青年行列里的人，实在不太适合恋爱了。"

"你越来越不正经了，大龄妇女的症状！"

"晚上出来一起吃饭吧，要不我去你家蹭饭也行。"

"今天恕不奉陪，一会儿得和鸡屁股带着小鸡去老鸡家。"

"又赶上一重色轻友的东西！"

三子站起来，拍拍屁股上的灰。天色还早，才午后一点多，这一天可怎么打发呢？唉，洪还是有一些好处的，当无聊得连睡觉都没心情的时候。

三子坐在西单书城冰凉的地面上看了半本阿加莎·克里斯蒂的小说，正在费脑子猜想凶手是谁，手机又叫了。

是源。

她奇怪地看着屏幕，猜想这人消失了三年之后怎么会突然又来了电话。

"是我。还记得今天是什么日子吗？"

"源，别逗我，你知道我记性差，连国庆节是哪天都得现问。"

"你怎么一点儿也没变。"

"恐怕这辈子就这德性了。"

"十年前的今天你对我说，十年之后会嫁给我。"

"有这事儿？我怎么不记得。"

"你说的话我可是句句都记得呢。"

三子哑了片刻，问："你现在怎么样？"

"老样子。你嫁我吗？"

"别逗了，源，你娶我你老婆孩儿怎么办呢？"

"我早说了，什么时候你肯嫁我，我当天就离婚娶你。"

"算了，别说孩子话了。你现在在哪儿？"

"北京。"

"啊？"三子大叫一声。

"我是专程来等你的。"

三子匆匆忙忙翻了翻书的最后几页，发现自己又猜错了凶手，然后三步两步窜下楼，打了车直奔源住的酒店。

生理老师宣布手淫的罪行后不久，三子和源一起考入了重点高中，不同桌但仍然同班，而且是住宿班。下了晚自习熄灯之后，三子宿舍的人总能听到隔壁宿舍的男生在闹，闹得一屋子的女生都满脸通红。三子猜他们有时是故意那么大声，尤其是当提到她们宿舍的人名时。被提名的女生都咬牙切齿地骂："这帮小兔羔子！"

三子注意到，她的名字从来没被提到过，源的声音也从来没有听到过。对于前者，她庆幸的同时又万分失望；对于后者，她不免有些好奇。

　　有一天晚上，隔壁闹得太凶了，三子上铺的女生再也受不了了，大哭起来，跳下床，便操起床下两个空罐头瓶子冲出门，狠狠地砸在隔壁的门上。在清脆的玻璃破碎声中，女生边哭边高声大骂，把三子听过的没听过的村头泼妇用词都用上了，走廊里乒乒乓乓的开关门声，整个宿舍楼的人都从床上跳起来看热闹。

　　隔壁的门始终没打开，三子和同屋的几个女生把她的上铺拖回了屋。三子返身走到隔壁门前，敲了好长时间门，终于有人打开了门，是源。她看了他一眼，绕过他走进屋，走到引发这场闹剧的男生床前，盯着他看，直看得他低下了头，才趁他不备，"啪"地一巴掌打在他脸上，然后转身对着一屋子发楞的小子们说："有本事的来点真格的，没本事就闭上你们的臭嘴。"

　　第二天三子还是天刚亮就起床去学校后院晨读，在转过宿舍楼角时，被躲在暗处的源一把搂过去。源说"你提醒我了，是该动真格的了。"说完就一口把三子吻住，她连喊都没喊出来。

　　三子和源秘密地恋了两年半的爱，像所有的初恋一样，他们在精神上爱得死去活来，却在肉体上却坚守着最后的阵地。虽然三子和源彼此盟誓要在洞房花烛夜那天如何如何，但她对与源的爱情并没有什么把握。三子几乎认定，日后他们必然会各奔东西。

　　初恋只是爱情的练车场，没几个人一辈子就在车场里跑不上路的。

　　大二时，三子和源就各奔东西了。虽然是三子决定放弃源，但主动失恋也会痛是她所始料不及的，在经过了这段刻骨铭心的伤痛之后，她重新热情高涨地谈了第二次恋爱。然后一发不可收，到洪的时候，前任恋人没一个排也有一个班了。

　　但源在大学里却一直没有谈第二次恋爱，每隔一段时间，他会打电话来问三子的情况，毕业前他跑来对三子说："一毕业我们就结婚吧。"

　　三子像看怪物似的看着他。他平静地看着她，好像他们之间从来没有说过分手的话，也好像不知道三子正热火朝天地与一位英俊飘逸的哲学系研究生谈着自认为空前绝后的恋爱。

就是那一次，三子对源说："如果十年之后我还没把自己嫁出去，你就来娶我吧。"

毕业后，三子和源还会经常见个面喝喝小酒什么的，称兄道妹地扯些无关痛痒的话题或者口头放荡一下。后来，源南下创业，并闪电似的结了婚，一年之后就生了个可爱的儿子。向三子汇报战绩时她都傻了，半天才问，"你老婆啥样？"

"比你漂亮。"

三子的心被嫉妒狠狠地咬了一大口，过了半天才又问："那你儿子呢？"

"像他妈，特可爱。"

三子故意夸张地长叹一声："这下咱俩是彻底没戏了。"

"为什么？"

"你孩子都有了，俺连第三者都做不上了，做第四者不是太难了？而且欺负小朋友的事我可不干。"

源在电话另一端不以为然地笑笑。

那段时间三子四处找茬和人掐架，当她意识到自己的失常之后，觉得很颓丧。她问洪："你会永远爱我吗？"

洪说："你说谁能永远爱一个人啊？弱吧。"

她想了想："你说得对。"

鉴于洪的坦诚，三子决定把自己守的这块玉交给他了。事后，她得意地对源说："我也不做处女了。"心里觉得终于和源打了个平手。

源从此再没理过她。

无声无息地走在凯宾斯基的走廊里，三子暗想，源这小子还真就折腾出来了，就冲他住这么好的酒店一会儿也得认真地宰他一"钝"刀。

进了屋三子看着源点点头："都说男人结了婚再一上三十就会像发面馒头一样，不假。"

她坐在椅子上，源把她拎起来搂在怀里："你越来越漂亮了。"

"那也比不上你老婆呀。"

"可在我眼里，你永远都是最漂亮的。"

"老套！说点儿新鲜的。"

源没说话。他们眼睛对着眼睛鼻子对着鼻子，距离太近，让三子眼晕。三子把他推得稍稍远一点儿，好让自己能看清他的脸。他方正的国字脸已经变成了棱角不分明的圆脸，把原本应该出现的皱纹都撑平了。脸色是烟酒夜生活过度的红，他的眼神深得好像藏了好几层的内容，因为看着三子，便有她曾经熟悉的温柔浮出表面。他的脸慢慢地压下来，眼睛也合上了。

三子想：我应该也表现出从前的柔情甚至激情……当源的唇碰到她的唇时，她真的感到一种来自心灵的震颤，并为之浑身一抖。源也感到了，更深地吻住了她。

三子的气儿不够了，突然想起中午自己对柔儿说的那套年轻才可以恋爱的理论，想笑又想哭。她好不容易从源的嘴里挣出来，趴在他肩头透了口气。

"这几年你过得还好吗？"源放开她，让她坐回椅子里。

"还好。你呢？"她反问。

"活着而已。"

"对生活要求太高了吧，出门住这么好的酒店还叫活着而已。"

"我的要求一点儿也不高，只要和你在一起，别的我都不在乎，可是，偏偏老天别的什么都给了我，就是不把你给我。"

"如果真用你现在所有的一切换我，你就不干了。"

"为什么不干，我干。"

"因为是假设，所以你干。"

"要怎么样才信我？"

"怎么样也信不了你了，我还没嫁人，你倒连儿子也有了。"

"可当时是你不要我。"

"那你也可以等啊。"

"你也太苛刻了，不要我，还不让我结婚。"

"你要么别说爱我，要么别结婚，这也算苛刻？我还没说你虚伪呢。"

"你真的觉得我虚伪？"

"你不虚伪？"

"我在别的问题上都虚伪，就在你身上，我虚伪不起来，否则我也不会这样几次三番地找你，随着你拿我的自尊开玩笑。我只知道我要你，无论你怎么对我，我一生的目标就是娶你为妻。"

源低低的嗓音透着沉痛让三子深深负罪。她站起来，走到他跟前，捧着他的头叹气。他让她坐在自己的腿上，托着她的脸，长时间地凝望着她，让她看着他眼里的爱情。三子想再看清他眼神里更深层的内容，可是，那爱情太浓，她看不见后面藏着的东西。

他们脸贴着脸坐着，呼吸着彼此的呼吸。

"源，一切都不可挽回了，我们又都不相信来生，所以，只好这么错过了。"

"为什么不能挽回？只要你答应嫁我，其他都不是问题。"

"你这么说就不负责任了，你儿子怎么办？"

"该给他的我会给他，但我不能为了他什么都牺牲。"

"那你生他干嘛？你生他的时候怎么不好好想想呢？"三子有些愤怒了。

源亲了亲她的脸："别生气，我们不谈这个好么。"

“那谈什么？”

源的手已经伸进了她的 T 恤：“我想要你。”他咬着她耳垂儿说。

当看到源从前结实而极富弹性的腹肌变成一堆软软肥肥且分外突出的肉时，三子刚刚上来的一点儿激情刷地降到了零点。可她知道这时候已是欲罢不能了，触手可及的都是源肥厚的背和臀，那种手感使她只好闭着眼睛屏着气坚持着，直到他重重地俯在她身上。

源问：“满意吗？”

三子笑了笑：“是老婆太漂亮还是投怀送抱的女人太多把你搞得纵欲过度？”

源的脸色一下变得很难看。半天，他才悠悠地说：“我的确放纵过，可是，唉，说了你又不信，我跟谁上床都会把她想象成你，我这辈子唯一想得到的就是你。”

三子默然无语。她觉得这话有点儿让人恶心。过了半天，她才说：“现在你如愿了。”干巴巴的口气连她自己都觉得索然无味。

“嫁给我吧。”

三子摇摇头。

“我到底哪儿不如你的意？你说呀。”

“源，老大不小的了，别再玩纯情了。”

“你以为我在玩？我不信还有别的男人比我更爱你，我也不信他能给你的比我更多。”

“你这纯粹是搞不到手的是最好的的心理，等我真嫁给你，一准儿洞房花烛夜就开始守空房。”

“不可能，你把我想成什么人了。”

“那你觉得你是什么人啊？”三子边说边穿衣服。

“妈的！”源恶狠狠地骂了一句，“我这辈子最大的错误就是当时没有把你……”

“后悔了？来不及了。”

三子拉上牛仔裤的拉链，对着镜子拢了拢头发。源从背后抱住她，咬着她的耳朵低低地说：“再来一次好么？最后一次！”

镜子里的女人一双眼睛里写满了戏谑，眼角密布着细细的疲惫，她的脸上是性欲的潮红，嘴角是懊恼的自嘲。她身后那个未到中年却已发福的男人正俯在她的耳边说着所谓的爱情。这两张寻欢作乐的面孔令她惊诧，记忆被粉碎得干干净净。

她夺门而出，跑到大街上仓皇四顾，夜色中如织如缕的人流在她面前奔腾不止。她定了定神，投身到人流之中，打通了柔儿的电话：“亲爱的，准备份子吧，我要嫁人了。”

# 有个女孩叫三子

又是一个蒙蒙的阴雪天，我百无聊籁地坐在桌前，回想我近半的人生，试图找出一两个闪光点，可是没有。只有我的平庸和懦弱左右不离地跟着我，并在我的心里留下一处不能触碰不能窥探的伤。

（1）

第一次见到三子，是在我大学入学的那一天。

那是在晴朗的九月，我到学校报了到，办了入学手续，累了一身臭汗，好不容易拿到了宿舍的钥匙，大包小裹地把行李搬入我的新居。同宿舍已来了四个男孩，我们各自收拾完自己的行李，就熟络地天南海北扯起来。

三子就在这时从外面闯进来。

我仍然记得那天她穿的是发白的牛仔背心加牛仔短裤和低帮的运动鞋，并记得她那一头不驯服的短发，使她乍看像个十三、四岁的小男生。她没有敲门，一步跨进屋里，我当时只觉得眼前一花，三子就一阵风似的突然降临在我的面前。

屋里的空气因为这个突如其来的女孩子出现了一刹那的凝滞，我相信当时不仅仅我有窒息的感觉，所有在场的男孩都一时木然，幸而我们中间的一个叫刘源的男孩站了起来，迎着她走了过去。

"三子，我给你介绍。"刘源说着把我们一一介绍给三子，三子灿烂地微笑着，潇洒地和我们握手打招呼，一点儿也没有我一向接触过的女孩们那样的羞怯、矜持或高傲。当我的手接触到她的手时，我的心不可控制地狂跳起来，三子的手纤弱而柔软，我心里激荡着自己也不能解释的冲动。而三子却一边大方地和我握手，一边用她那双清澈的眼睛肆无忌惮地上下打量着我，在她的注视下，我窘态毕露，一时不知如何掩示自己的仓皇。

我不知道三子在中学时有没有受过男女授受不亲的教育，如果有，显然三子并没有接受，她与男生交往时表现出的从容态度，天真豪爽的性格，使她在女孩子群中份外醒目，立即就赢得了几乎全体男生的好感。我们这些初解风情自以为成熟的半大小子，被可爱的三子搞得一时清醒一时迷糊，各显神通地布设温柔陷阱，希望有一天三子不小心掉进自己的怀抱。

但，所有的陷阱都落了空，不久，我们颓丧地发现，早在与我们不相识的中学时代，三子就已被英俊多才的刘源猎获了，这一发现使得三子有一阵在男生中四处碰壁。我常看到三子瞪着无辜的大眼睛和一脸的迷茫，单纯的三子没有想过自己受礼遇的原因，对自己为什么受冷遇同样不明不白，一心一意地检讨自己的过失，我们这些居心叵测的男生们很快便为自己的行为心怀愧疚。于是三子又开始受到疏远的礼遇，只有几个贼心不死的人还千方百计地试图将三子的温柔占为己有。

我正是这几个中的一个。

但我首先得承认自己的怯懦，对我所珍爱的东西我从来没有勇气去执着追求，对自己憎恶的我，也总是没有勇气表示不满，尽管从第一眼见到三子，我就固执地爱上了她，可我却从来没有敢于把自己的感情丝毫表露于三子的面前，不要说邀请她去看场电影或喝杯咖啡，就连一起打球，我都不敢站在离她近一些的位置上。

对刘源，我也没有像另外几个爱慕三子的男生那样，当面锣对面鼓地宣战，我对自己的怯懦一愁莫展，可日益熟悉起来的同学们却把我的怯懦认做是淡泊和谦和，这种误解使我因祸得福地成为三子的好朋友。

那时，我们渡过了入学后男女生之间保持禁忌的阶段，也渡过了解禁后天下大乱的阶段，有可能的都出双入对了，没可能的却又志同道和的则三五成群，组成男女混合的小团体。三子以她的真诚和热情征服了小雅、阿力以及从一开始就缴械的我，把我们紧密地团结在她的周围。

（2）

三子不是个勤奋的学生，她的聪明和大学制度本身的漏洞使她不需要在功课上花太多时间。三子对玩的兴趣浓厚地令人吃惊，并且总能玩得花样翻新，令我和小雅、阿力没有办法拒绝诱惑。

说来也奇怪，刘源不是我们这一伙里的，刘源对三子整天昏天黑地地胡玩不以为然，三子则宣称她不能成天只守着一个刘源而没有其他单纯的友谊。总之，对我而言，这实在是上帝美满的安排。

初入学的新鲜感加上三子的巧意安排，使我在不知不觉中就渡过了愉快的一年级，那一段时光完美得无法描述、无法回忆，我可以名正言顺无所顾忌地和三子整天呆在一起，照顾她宠爱她的同时也享受她的关心，不必担心三子看破我，不必在乎刘源的不满。

大二开学不久后的一天，天好极了，是秋天里真正的秋高气爽，让人由不得地忘了所有的不高兴，三子一上午都显得特别的兴奋，中午提出去南湖划船，理由是这样的好天气绝对不合适呆在教室里。我和小雅、阿力自然是无条件服从，我们逃了下午的课，直奔南湖。

三子不会游泳，看着我们三个跳到水里，就租条小船围着我们划。三子划船的技术也不高明，东摇西晃像喝多了酒似的。阿力和小雅不停地嘲笑她，激她下水，三子则你有来言我有去语，总之就是不下来。阿力游过去，扒着船舷，他长手长脚一副运动员的体魄，小船在他的重压下立刻就要扣过来，小雅在一旁助纣为虐地向三子撩水，三子顿时没了刚才稳坐钓鱼台的风度，惊天动地地尖叫起来："四哥，快来救我，再不来，就剩美人鱼了！"

我不知三子从哪儿排号把我排到老四，也不知她大哥二哥三哥是谁，总之她一直这么叫，我游过去，船当然不能翻，但三子坚持让我在船上陪着，我满心欢喜地爬上船，操起桨。

三子有了靠山似的仰面躺在船尾，放肆地伸展四肢摆成个"大"字，就像她男孩子的打扮丝毫不能掩盖她女孩子的风韵一样，她这种近乎放荡的举止也丝毫不能让人怀疑她的单纯，她恰到好处地站在纯情少女和成熟女人的边缘，浑身散发不可抗拒的魅力。有时我觉得她简直就是故意做出放荡的样子让男孩们心动，而她那张总是浅笑着的娃娃脸又让人不忍亵渎。

我呆呆地盯着三子想心事，完全没有想到她会突然坐起来。

显然她是刚刚想出什么捉弄人的坏主意要跟我说，却不料正好与我一脸的痴情正面相撞，我看到她的表情由最初的促狭变成惊异，继而紧张得满脸绯红，我知道怎么掩饰也是来不及了，她什么都清楚了。

晚上回到宿舍，憋了一下午气的刘源和三子吵了几句，一脸铁青地回到屋里，狠狠地盯着我和阿力。我想反正三子也看破我了，不如破釜沉舟和他大干一场，然后向三子剖白自己的爱情，于是就端坐在床上也怒目相视。不知是一向和言悦色的我突然一脸决斗相使刘源吃了一惊，还是他原本也没想怎么样，最后他仅仅是冲我俩哼了一声，就一头倒在自己的床上蒙头大睡去了。我像一张绷紧的弓突然失去了射击的目标，垂头丧气地软了下来。

我想了一夜，仍然没有勇气对三子表白自己的爱情。以后的几天，三了一如既往和我们在一起，没有对我特别亲近，也没有对我有意疏远，我开始怀疑三子到底有没有看出我当时的窘态，也许只是我过敏，而她并没有留意吧，我心怀鬼胎，坐立不安。

（3）

刘源自那天和三子争吵之后一直闷闷不乐，可他硬撑着没有像从前那样在争执之后主动找三子求和，我想他可能早就忍无可忍了。他们这样僵持了半个多月，以至所有人都注意到了，男生们都进入"一级战备"，时刻准备趁虚而入。

三子依然如故，看不出太多的伤心失落，对几个性急的男生露骨的殷勤仍然是心无城府不明真意状，我终于明白，三子对我们这些自以为做事不着痕迹的追求者们的心早就一清二楚，不过是故作不知给我们留着面子，让我们知难而退罢了。

"或许从第一次见面她就看穿了我的心。"我这样想，禁不住心乱跳脸通红。可我仍然不明白既然她明知我意，为什么对我不像对别人那样小心回避呢，"莫非……"我突然心跳加速了。

我想从小雅那儿探点儿口风，可又不知如何开口。

这天，小雅自己来我们宿舍，刚好宿舍里只有我和阿力。

"三子呢？"阿力问。

"去图书馆了。"小雅说，停了一下，她问，"哎，刘源这两天儿干嘛呢？"

"谁知道？一大早出门，老晚才回来，阴着个脸，真他妈的让人看不上眼！"阿力说。

"得了，得了！哎，我跟你们说，别看三子没事人儿似的，其实她心里很在乎刘源，你俩就不能跟刘源说说，三子死犟的，让刘源低个头儿就没事儿了。"

"他他妈的什么福啊，我要有三子这么个女朋友，别说低个头儿，磕两头也成啊，还等别人说！咱们三奶奶也是，就非他了？你回去不能劝劝三子？跟他黄了算了，省着我们天天瞅着呕气，告诉三子，全校等着娶她的男生从女生宿舍都排到火车站了！"阿力半真半假地嚷嚷着。

"去你的，你们这帮人唯恐天下不乱，就好像三子和刘源黄了就轮到你们头上似的，告诉你吧，远儿呢！"小雅笑着，边说边站起来，有意无意地看了我一眼。

我浑身上下一激灵，赶紧背过身，从床下把足球勾出来，一脚踢出门外，并向外走，我听到小雅在身后冲我或是阿力喊"你俩到底去不去说呀？"，我头也不回地说："谁爱去谁去，我不去！"

我整整踢了一下午的球，最后累得一步也走不动了，躺在操场上，我把自己和刘源从头到脚从里到外地彻底比较，最后，我败下阵来。"你以为你是什么东西？居然幻想她会爱上你！连阿力都比你强，你还想什么？"我在草地上不知躺了多长时间，伤心欲绝。

天慢慢地暗下来，我听到有脚步声由远而近，却懒得扭头看，来人走到我跟前站住，接着我就看到三子的脸。

她俯下身端详着我："嗨，干嘛呢？还挺浪漫的。"

我慢慢坐起来，目光避开她，说："哪儿那么多浪漫给我这大俗人呢。"

"什么熟人生人的，陪我到校门口喝碗馄饨吧，我饿坏了。"

她说着伸手要拽我起来，我避开她的手，慢吞吞地站起来，骨软筋酥。

"你要饿了就自己吃去，我累坏了，想回宿舍歇着。"我忍住陪她的冲动，边说边一步一晃地往宿舍走，三子追上我说，"不远嘛，这么不给面子？"我装着没听见，三子接着说，"陪我，啊？一个人怪没劲的。"

"那你去找刘源哪。"我冲口而出。

三子一下僵立在原地，我后悔不已想找话补救，却终于什么也没说就走掉了。

（4）

不久，三子和刘源又合好如初，我不知道是谁向谁递了降书顺表。自从那天在操场上的事以后，有好长一段时间，我和三子之间总是别别扭扭的，有了一层隔阂，我想原因主要在我，因为三子对我态度依旧，倒是我总是强迫自己不要走近三子，免得泄露了自己的感情招人耻笑。

冬天到了，那天下了一整天的雪。吃过晚饭后，我们都呆在屋里吆五喝六地摔扑克，三子和小雅带着一帮女生突然闯进来，不由分说，三下两下把我们手中的扑克抢下来扔了一地，并喊着，"别傻着，快去操场上打雪仗去！"她们连喊带叫，把全班的人都揪到操场上，分成两伙厮杀起来。

雪仍然在下，天已经黑透了，但操场上尺厚的积雪反射着远远近近的灯光，使我们还能依稀分辨出敌我，三十多个人满操场地追打，一片笑声和尖叫声。但不一会儿，不知是雪大了的缘故还是天更黑了，也可能是被打昏了头，我已经完全分辨不出敌我了，随手抓起的雪，根本来不及团成团儿就漫无目的地扔出去，不知何方抛来的雪团儿不停地落在我的身上脸上。

在终于摆脱了几个人的追击后，我发现自己已经跑到了操场的边缘，站稳脚，我大口大口地喘着粗气，回首战场才发现操场远不止三十个人，好像全校的学生都跑到了这里，喊着叫着追着跑着打着躲着，我找不到一个同学，这才明白自己追打和追打自己的都是什么人。天！原来是一锅烂粥。

我站了一会儿，缓过这口气，团了几个雪团儿，看准一个已经被追得无路可逃正向我这边冲过来的目标，迎过去准备来个落井下石。

我刚把第一个雪团儿扔出去，那人已经以我始料不及的速度把我撞倒在地，她自己也一跤绊倒在我身上。

我听到熟悉的笑声伴着一叠声儿的尖叫："对不起，对不起……"

我下意识地抱住我身上的人，翻身把她压在身下。

"三子！"

三子的脸不知是冻得还是兴奋得通红，睫毛眉毛发梢满是雪和哈气上的霜，她清脆地笑着，边叫边大口喘气，直到终于认出我来。

一刹那间，我们像被施了定身法似的定住了，我已经没有意识可言，三子瞪着一双清澄的眼睛紧紧地盯着我，我听不到任何声音，只有自己像鼓点儿一样密集的心跳，我也看不懂三子的表情，我傻了有一个世纪那么长，最后我看到三子慢慢地闭上眼睛，于是我的眼前只剩下她的两片颤抖的红唇，像风中的玫瑰，盛开在我的唇下。

而我突然清醒了，迅速从她身上跳起来，作势地哈哈大笑，掩示自己的尴尬。三子躺在雪地里一动不动，突然她爬起来，发疯地朝宿舍跑去。

我跟跟跄跄地回到宿舍，一头栽倒在床上，三子那两片鲜艳的红唇在我眼前颤抖着越变越大，我恨不能抽自己几个耳光，天哪，我怎么懦弱到如此地步！

"你以为你是正人君子吗？你以为你可以做柳下惠吗？我的天，我的上帝，你永远永远也不可能得到她了。"

（5）

那年冬天无比的漫长，我整天整天地逃课，混在录像厅电影厅里，晚上也不回学校，住遍了所有中学男同学的宿舍。就在那段时间，我认识了烟云。

其实准确地说，我早就认识烟云，她是我的高中同学，只是读高中时我尚未解风情，对班级的女生只有群体印象而无个体记忆，一出校门，就更是连她们的名字也叫不出一个了。

那天，我们几个男生正聚在一个高中同学家喝酒，来了两个女孩，在座的男生们都站起来和她俩打招呼，我也随大流地点头哈腰。听别人称呼才勉强唤起大脑里可怜的记忆，知道俩个都是当年的同窗。于是坐下来继续喝，我没在意多出来的两位女性，所以仍然肆无忌惮地直到喝吐。迷迷糊糊地记得被人架到床上，有人松开我的衬衣的领扣，并用湿毛巾不停地给我擦脸和脖子，好像还灌了我一大碗酸溜溜的汤。

后来，我知道那个人就是烟云。

烟云是那种善解人意的女孩子，总是穿着不时髦但整洁素雅合适合体的衣裳，平凡的脸上带着淡淡的娴静的微笑，不太说话也不木讷，不太活跃也不死板，在她身上现代女性的风采和古典女性的风韵得到非常好的中和与发扬，我想这种女子就是当今男人最理想的爱人了。

烟云上学的学校离我们校很近，后来我们高中同学的几次聚会完了，都是我送她返校。头两次与其说我送她不如说她送我，因为我总是醉醺醺的，她那么个贤淑的女孩儿陪着我这个步履踉跄一身酒气的醉鬼，无论是坐车还是步行都实在引人侧目，我不知道一路上她心里究竟有多么尴尬和颓丧，可她没有一丝表露。相反，坐车时她总是把座位让给我，走路时总是在我打趔趄的时候扶住我，这样的女孩不能不让我感动并羞惭，所以此后只要有她参加的聚会，我再没有喝醉过。

春天也过去了，或许是出于感激之情，我去过几次烟云的宿舍，并为她做了几件力所能及的事。期间，她也曾约几个同学来看我，她的人品性情让我同屋的男生赞不绝口，并威胁我说如果我再不向她求爱的话，他们就捷足先登了。

我不知道自己是不是已经爱上了烟云，对三子的意乱情迷是那么的刻骨铭心，使我怀疑这样平平淡淡的是否也能算是爱情，更何况烟云也并没有表示或暗示她是爱我的，或许在她眼里我只是个可怜的借酒浇愁的男同学。

我在心里犹豫了很长时间，终于下了决心正正式式地约烟云一次，试试自己的感情也探探她的口风。

我像模像样地写了一张纸条，纸条上只写了约会的时间地点，然后把纸条封在信封里寄给了烟云。

在约定的时间，我不安地坐在那家咖啡厅等烟云的到来，一会儿后悔自己没有署名，她能认出我的字体吗？一会儿又担心她不会来。唉，我何必做此多余的浪漫情节，如果我当面约她出来，她一定不会卷我的面子。我忧心如焚，不停地看表，一分钟就有一个小时那么长。

终于，烟云出现在门口，我情不自禁地从座位上跳起来，使劲儿地向她招手。

烟云笑着走过来，坐在我对面，我看得出她为此行着意是打扮过自己，这使她看上去比往日多了份娇媚，她有些羞怯地看了我一眼，轻声说，"让你久等了。"这一瞬间，我再也不怀疑自己所需要的正是这样温婉柔情的女子。

我伸手握住她的手，感到那只小手在我的手里轻轻地挣扎了一下就安静了下来。

（6）

我和烟云像所有的情侣一样拥抱亲吻海誓山盟，也像所有的情侣一样绊嘴吵架彼此折磨，而更多的时候，我们过着平平淡淡的生活，没有大喜没有大悲，没有大起没有大落。有时我想，如果是和三子，那会是什么样的一番情景？可转念想到自己这样平凡的人注定要过平凡的一生，虽然三子可以给我言情小说里那样狂热经典的爱情，而我却注定只能消受烟云给我的现实生活里朴素单纯的爱情。

想到三子，就想起已经有好长时间没有接触过三子了，自从那个雪夜之后，三子就只是存在于我的脑海里，现实生活中的三子究竟在干什么我一无所知。我问阿力，可阿力在闹恋爱，他只知道三子在给几个孩子上家教，每天一下课就跑出去。于是我就恍惚地记起三子来去匆匆地样子了。

入秋的时候，阿力苦追了大半年的女孩终于跟他好了，美得满脸大鼻涕泡儿的阿力死活要出去玩一次。

"高兴高兴，再说，我们几个好长时间没玩了，三子你也不积极了，光顾挣那俩钱儿了是不是？我的意思呢，现在都有朋友了不是，都带上，熟悉熟悉，以后咱姑娘儿子的还算世交呢，再弄个指腹为婚什么的……"

"不带朋友不成？"三子问。

"不成！"阿力斩钉截铁地说。

结果那天三子带的是一个陌生的男孩，我和阿力都目瞪口呆了半天才想起和那男孩握手。一整天，那男孩子围着三子忙前忙后，能看得出他为讨三子欢心万死不辞的决心，而三子仍然是心无城府状，一视同仁地和每一个人说说笑笑。

当晚回到宿舍，阿力和我都急不可待地留住小雅问到底儿怎么回事儿，三子和刘源怎么了，小雅淡淡地说："黄了呗，还能怎么着？"

"哎，什么时候的事儿？我们怎么一点儿都不知道？"阿力叫道。

"哈，你们？你们早被爱情冲昏了头脑了，还顾得上这？"

我和阿力面面相觑，心虚地低头叹气。

"算了，我开玩笑的，也怪不得你们，其实三子和刘源黄了有小半年了，我也是前三个多月才知道的。难为他俩都不露声色的，三子也不吱声，搞不清他俩是为什么。"小雅轻轻地叹口气，"我也摸不清三子的脾气，她成天看上去无忧无虑的，可我又直觉地感到她的心事很重。"

我们都陷入沉默。三子是大家公认的忘忧草，她的欢声笑语一直像春天一样感染着我们，她的灿烂的笑脸一直像阳光一样照耀着她周围的人，而这一切如果真像小雅所说的那样，只是这株忘忧草在众人面前做出的掩人耳目的假象。天哪，这实在太不可想象了。

"那，今天那个男生是谁？"经过了漫长的沉默，阿力问了我心里想问的一句话。

"谁也不是，随便的一个追求者而已。"小雅嘟囔着站起来，走了。

（7）

我躺在床上翻来覆去睡不着，就起来出门到公共阳台上抽烟。我想不通三子和刘源分手的原因，更重要的是，如今他们真的分手了，那我呢？

从前对三子炽烈的感情悄悄复苏了，那种让我彻骨连心的疼痛和甜蜜的感觉又一次抓住了我，和烟云相爱的这段时间，平静的生活使我以为自己已经能忘记对三子曾经的爱，可现在我明白，这份爱我一生一世也不能忘记。

我回忆白天一起玩时，三子总是和烟云在一起，那是多么不同的两种女孩。三子不停地说呀笑呀唱呀，用夸张的态度、夸张的语气、夸张的手势、夸张的举止，表达夸张的感情，她一身的毛病，言谈举止与习俗和标准格格不入，可却叫人由不得地注意她，由不得地跟着她，由不得地发自内心地羡慕她和喜爱她，男人更是由不得地想靠近她呵护她。而我的烟云安静地在一旁，微笑地看着她的新朋友，或是默默地做一些心细的女孩才会注意到的事儿，她的温婉贤淑又让我感到做男人的踏实和骄傲。

我在心里反复地将这两个女孩比较，感情不断地把我拉向三子，理智又不断地把我拉回来，我知道生命的转机就在这一刻的决定，可我决定不了，在半年多的时间里，烟云已经让我了解了另一种爱情，并使我相信这种爱情才是人间最普遍也最持久的爱。

一连抽了几颗烟，我仍然难以取舍，抬头看到我们圈楼对面六楼的公共阳台上，不知什么时候也有一个时明时暗的烟头在闪，那是女生宿舍的阳台，不知怎么，我觉得那人一定是三子。我试探着冲那边"嗨"

了一声，那人掐灭了烟，迟疑了一下，从楼影里走出来，站在栏杆前。借着朦胧的月光，我认出那就是三子。

三子示意我等着，就返身进去了。我不禁想起了入学不久我们刚刚玩在一起的时候，总是在我们寝室通宵达旦地打扑克跳舞，男生宿舍里总不记得放一些吃食，其实就是放也留不住，于是夜里又累又饿的时候，三子就悄悄潜回她们寝室拿吃的。

我们男生宿舍和女生宿舍同在一幢楼里，只在四楼楼梯口设一道铁拉门，女生住上面男生住下面，熄灯以后，拉门上锁开始宵禁。三子从小练就了一手爬房上树的好本事，行动起来比我们这些男孩子还利索，我想着每次三子拿东西回来时，得意洋洋地对我们做鬼脸的样子就忍不住笑了，那段无法无天的好时光让我心驰神往。

"怎么失眠了？"我听到三子在我身后说话。

她仍然穿着白天穿的宽松短衫和大短裤，样子也还像白天那样随随便便，我试图在她脸上身上找出她伪装的破绽，可找不出，我怀疑是不是小雅多疑了，三子看上去仍然是我们的忘忧草。

"我听小雅说了。为什么？刘源做错了什么吗？"我想解开心中的疑团。

三子走到栏杆前，轻轻地笑了一下，说："没什么，不合适，就黄了呗。"

"刘源还不合适？你要什么样的才合适呢？"

三子趴在栏杆上，看着乌蓝的天。我看到她的脸上蒙着一层淡淡的迷惘和哀愁，是一个我完全不曾见过的三子。但转眼间三子就又笑了，仍然是那么灿烂那么娇媚的笑容，使我怀疑自己刚刚看到的都是错觉。

"我还小，是不是，其实我还不懂什么是爱情。刘源他是不错，可我慢慢地觉得，其实，我对他的感情，并没有我想象的那么深刻。甚至，我对他的感情，究竟叫不叫爱情，也是个问题。"

我不能相信她的话，她和刘源的爱情有目共睹。

"我知道你不信我，那我问你，什么叫爱情？你真的清楚吗？换句话说，你爱烟云吗？你真的没有搞错？你爱的是她而不是别的什么人？"

我看到三子瞪着清澈的眼睛洞悉一切似的盯着我，我浑身一震，一时只觉得天旋地转。

她为什么问这样的问题？她是有心还是无意？我极力平静自己，却仍然无法回答这个致命的问题。

但我必须给她也是给自己一个回答，我不能让自己永远生活在这个问题的重压之下，于是我咬着牙说："我当然清楚自己的爱情，我也清楚我爱烟云，而不是别的人。"

三子吃惊地看着我，足有半分钟，然后突然出声儿地大笑起来，过了好半天，她才说："我真是太幼稚了，以为自己不清楚的事人家也一定不清楚，这下给了自己一计响彻云霄的大耳光了。"

（8）

自从给了自己那个明确的回答之后，我尽力地要求自己一心一意地对待烟云，课余的大部分时间我都和烟云在一起，我清楚烟云值得我全身心地爱她，虽然有时和烟云闹别扭或别的什么时候，我会再次想到三子，可我很快就会压制自己心中的非分之想。

三子越来越忙，但我们大家都不知道她在忙什么，连小雅也被她搞得晕头转向："鬼知道她怎么了，兼三份家教，一下课就没影儿一下课就没影儿。"

见不到三子，使我少了许多的自寻烦恼，我想感情这东西的确需要培养，朝夕相处的人日子久了，好歹也会生出牵挂，而再亲近的朋友分开的时间长了，友情的光辉也会黯淡。

我越来越感到自己离不开烟云，所以再也不怀疑自己的爱情，甚至暗暗地庆幸自己当初情急之下的选择。三子在我的印象里变得越来越淡，回想最初的痴情，我会自嘲地笑起来。

转眼到了大四，毕业分配近在眼前。我和烟云都是家在本市，只消努力找个好点儿的工作就成了，而三子小雅阿力和大部分同学一样，都是外地的，想留在省城就是件很麻烦的事。那一阵真是忙得不亦乐乎，天之骄子们不得不放弃清高甚至自尊，想尽办法挖门捣洞，以求毕业后留在好地方分配个好工作。大四生们不再出现在图书馆教学楼，吃饱喝得了就开始为自己的前途奔波发愁。幸好大四的课程少而又少，毕业设计也很容易蒙混过关。

我对工作就像我对其他所有东西一样，要求不高，家里帮我联系了一个设计院，我觉得也不错，便不再费心找更好的。因为没那么多的愁事儿，我就成天跑图书馆，想搞个出色点儿的毕业设计，弥补大二两门补考的缺憾，给自己四年大学生活划个圆满的句号。

三子也成天泡在图书馆里，我吃惊于她在大四突然清闲起来，家教不干了，也没见她去跑工作，每次我去图书馆，都看到她埋在一大摞书里，她几乎是一整天一整天地呆在图书馆里写写算算。我问她分配的事安排得怎么样了，她总轻松地耸肩摊手说："没影儿的事儿呢！"

我想三子虽然不用功，却一直有份值得骄傲的成绩单，何况她一向是个活跃的善于推销自己的人，瞧她那嘻皮笑脸的样子，相信早就安排好自己的出路了，我没必要杞人忧天地为她的分配操心。

我和三子毕业实习是在一个组，毕业设计也是同样的题目，为了讨论方便，我们自然地坐在一起。三子机敏又缜密的思维和头脑里时常迸发出的稀奇古怪的想法，不但使她自己的设计和论文出类拔翠，也影响了我，我总是看她最近看的书，看她做的笔记，看她最新的设计草稿，我的设计里总是不经意就流露出了三子的风格，她的思维完全控制了我，我有生以来第一次也可能是最后一次对科研工作抱如此的热情：每天一起床就迫不及待地往图书馆跑，然后一整天都呆在里面，看书查资料和三子讨论。

直到有一天烟云来找我，我才发觉自己已经有半个多月没去看烟云了。这是从来没有过的事。虽然对烟云我勉强支吾使她相信我的的确确有事忙得没顾上她，可晚上躺在床上我却没办法对自己解释。

我又一次陷入了三子的情网。

我在床上躺了整整三天，想着自己和烟云的海誓山盟，又想着自己对三子刻骨铭心的单思，我不知道如果对烟云提出分手她会受到什么样的伤害，我也不知道三子会不会接受我的痴情。

"可是，你真的在乎烟云受到伤害吗？啊？不，你关心的只是你自己，只是会不会被三子拒绝，你从来也没替烟云想过一星半点儿！"我认识到自己原来是如此的自私和虚伪。

三子听说我病了，来看我，一边用一只小酒精炉为我煮粥，一边告诉我头两天我们讨论的那个问题，她已经想出了解决办法。我抑制住跳起来和她去图书馆的冲动，淡淡地应着。我请她去帮我找烟云过来，我对烟云说，我想以后到她们学校看书。

（9）

三子走了，分回到她出生长大的那个小城。

临走那天，小雅哭得我们心都碎了，她搂着三子一叠声儿地说："三子，三子，我不懂你，你不是最重感情的吗？我们都留下了，只有你，为什么你要回去呢？为什么不留下？啊？"

我们都不懂三子，不明白她为什么不肯留校，执意回家。小雅和阿力我们三对儿六个人都留下了，刘源也留下了，我们私下里还说等毕业后想法儿让他俩破镜重圆呢。

三子笑着拍着小雅："别，别这么生离死别的，我还回来呢！等我到家安排好立马给你们写信，我写信的功夫深着呢，那时候再热泪盈眶也来得及。"

　　她边说笑边给小雅擦眼泪，可小雅的眼泪总是擦也擦不尽，我和阿力都闷头抽烟，我相信三子是早就决心回家了，因为她有许多的机会可以留下。那么，为什么呢？

　　三子把小雅搂在怀里抚弄她的长发，眯着眼睛直直地盯着墙角，我看得出那双总是灵活生动的眼睛里流露出的伤感和失落，并不像刚才她刻意表现出的平静和轻松。我多么希望自己能更了解一些三子，她显然不是我们一直以为的单纯无忧无虑，究竟是什么使她决定离开我们独自回去呢，她该知道那座小县城已经不可能再有合适她的位置了。

　　想到三子马上就离开我们了，虽然她说还回来，可谁都明白再回来也只是匆匆过客，我再也没有机会可以像大一或毕业设计时那样与她朝夕相处，我也再不必担心自己会陷入她的情网，没有机会了。我不知道该高兴还是该伤心。

　　三子感觉出我的注视，突然抬头看着我，不知为什么我一下回忆起当年我们在南湖划船的那一次，三子也是这样突然抬头看我，使我的心慌乱不堪。可这一次，我却从三子的眼神里看出了慌乱，她一下站起来，把小雅推到她男朋友的怀里，环顾我们，勉强地笑着说："我看我还是快走吧，瞧你们都什么样子了，好像怕我把你们的笑脸儿带走似的，临走都不给我个笑模样儿。"说着就背起她的大背包，走了。

　　尽管我们坚持送她到车站，三子说什么也不让："我可不喜欢月台送人的气氛，我喜欢那句话：你走时，我不送你；你来时，再大的风雨我也会接你。"

　　但三子再没给我们接她的机会。

　　开始，三子像她说的那样，到家立马就给我们写信，而且信还挺勤的，告诉我们单位里的新鲜事儿什么的，字里行间透着她特有的幽默和热情，经常让我们笑得热泪盈眶。后来信渐渐少了，这也不怪三子，首先我们回信的热情也没有开始那么高涨了，其次工作时间长了，新鲜感也渐渐没了，现实的种种既消磨了我们最初的热情，也消磨了我们最初建功立业的雄图大志，"走上社会"这件曾令我们极度兴奋的事，原来竟如此颓废。

日复一日，日子过得平淡如水，没有什么令人振奋的事也没有什么令人绝望的事。每天上班八小时都有一大半时间闲极无聊，给所有想起来的人打电话，隔三差五地联系同学聚会，几乎成了我生活中最大的乐趣，我能看出大部分的同学跟我情况相似。

后来，这种聚会渐渐的也不行了，两次聚会之间的时间越来越长，参加的人越来越少，甚至连和小雅阿力见一面都越来越困难，虽然工作和生活都单调无聊，却仍然使大家不得不忙碌其中。

我下了班就去找烟云，除此之外还能干什么呢？现实的种种不如意，只有烟云能了解我安慰我，我想自己这辈子也不可能大富大贵飞黄腾达，只适合小家小业地过平头百姓的小日子，所幸我还有烟云这样好的女孩在身边，想到这儿，我突然害怕失去烟云了。

那天晚上，把烟云送回到她家门口，我对烟云说："要不，我们就结婚吧。"

（10）

我和烟云定下了结婚日子。这一决定把全班同学的热情都调动起来了，小雅和阿力更是鞍前马后，忙得不亦乐乎。

我自己也被这股热情冲动着，看着布置好的新房，总有恍如梦中的感觉，对自己这就要结婚了又是惊喜又是诧异又是惶惑。回想当年，自己蠢蠢地爱上三子，了解了世间还有这么一种让人欲狂欲醉的感情，这使我一夜之间从懵懂的少年变成粗通人事的青年，尽管那段痛苦又甜蜜的日子已恍如隔世，可每一回味，依然令我怦然心动。

　　如今，那一切都过去了，我又要在一夜之间成为一个负担起一个家庭的真正的男人，人生竟是这样的匆匆，而人生的安排又是这样的难以预料。当我爱着三子的时候，一心只幻想着与她永不分离，又怎么能想到生命中会出现烟云，并与她共此一生呢。

　　婚期越来越近，我有点儿惶惶不可终日，我突然害怕自己做的是个错误的决定，我真的要结婚了？我真的就要和烟云生活在一起了？我能负担起一个家能让烟云幸福吗？那天晚上，我又被这些问题抓住了，无法入睡，当"我真的爱烟云吗？"这个问题出现在我头脑里时，我被惊呆了，仿佛又看到三子那双清澈的眼睛，正洞悉一切似的盯着我。我竭力地平静自己，用那天夜里回答三子的话回答自己，我对自己说："你是太紧张太激动了，所有要结婚的人都和你一样。"

　　我强迫自己不再胡思乱想，赶快睡觉。就在朦胧中，电话铃响了。

　　我提起话筒："喂！"

　　没有回答，我抬头看看表，已是午夜，谁这么无聊，我生气地冲话筒猛喊："喂喂喂！说话！挂了啊！"

　　"是我。"

　　我听到三子的声音远远地传来，心难以控制地狂跳起来。

　　"真的要结婚了，你？"三子问。

　　"嗯，反正早晚的事儿。"

　　那边又陷入沉默，话机里只有一片长途电话特有的杂音。过了好半天，我听到三子叹了口气，接着又轻轻地笑了一下，说："我觉得自己怪可笑的，其实早在那次打雪仗的时候，你就摆明了不爱我了，可我老不死心，老自信地以为你是爱我的，只是有什么原因阻碍你表示出来。我就和刘源黄了，可你还是没表示，我知道你和烟云的事，可我不相信你是爱她的，记不记得野游回来那天晚上我问你的话？你的回答真是给了我一记响亮的耳光，可就这样我还是抱着幻想，我实在是太自负了，我相信总有一天，你会发现你爱的人是我。直到临毕业那会儿，你生病了，我去看你，可你让我去找她来陪你，我才确信你实实在在是在躲避我。"

三子长长地吸了口气，不说了。

我仿佛听到三子隐隐的啜泣，可我不能确定，因为我的意识已经完全飘忽了，我觉得自己正在做梦，在梦里我不能动不能说甚至不能思想。

"其实我早就该明白，"三子终于接着说，"像我这样的女人并不能给你踏实的生活，你选择她是对的。现在我也想通了，不那么痛苦了，只是我还是不能平静地去参加你的婚礼，女人总还是小心眼儿，别怪我，……，你怎么了，怎么不说话？是不是我吓着你了？其实，我没必要对你说这些话——我辞职了，明天就去南边儿，再也不回来了，可我老觉得自己爱你爱得怪辛苦的，不让你知道实在是太委屈了，反正从明儿起我就从你的生活中消失了，所以才对你说，你别当回事儿。相信你也不会把这当回事儿的。"她自我解嘲地笑了一下，"好了，祝你和她白头偕老。我挂了。"

"不，三子，不要，"我听到自己绝望地嘶叫，"我的的确确是爱你的，不要从我的生活里消失，三子！三子！我爱你！我爱你！我不能没有你……"

可我耳朵里只有电话尖锐的蜂鸣，像一把锋利的刀子，把我的心切成无法拼合的碎片。

半个月以后，我和烟云如期举行了婚礼。

我真的就再也没有听到过三子的任何消息，直接的间接的都没有，三子一下子就从我们的身边消失得无影无踪了，就像我们年轻的日子一样，一去不复返。

小雅结婚了，阿力结婚了，大部分的同学都结婚了；我有了孩子，小雅有了孩子，阿力也有了孩子。像阿力当年说的那样，我们的孩子成了世交。大家都过着寻常百姓安分守己的日子，逢年过节聚在一起，回忆读书的年代。

有时会想起有一个女孩，曾经给过我们那么多快乐时光，而今却不知下落，唯有喟然长叹。

# 误入歧途的爱

打量着镜中的自己：新理的平头看起来有点儿楞，但比我想象中的还是好多了，难怪女同学们都打赌说我理短发一定会比扎条小辫儿更帅更潇洒，果然。

有人敲门，我喊了声："没锁！"

"怎么又不去图书馆？害我好找！"多多进了门就抱怨，突然注意到我的头发，马上冲上来在我头上大力地拨拉了几下："你到底剪短了呀，就是嘛，这样才帅！"

多多柔软的小手在我的短头发茬儿上抚出一种奇怪的感觉，我推开她的手："别乱动！找我啥事儿？"

"你上次不是说蚕蛹不好吃？这是人家专门给你做的，让你知道什么是天下美味！"

"我才不吃，恶心！"

"瞎说，我剥一个给你，绝对好吃！"

十九岁的多多看上去像十四、五岁的中学生，整个人给人的印象就是白净、柔弱、乖巧。她是独生女，父母是我们校的教授，她从附小念到附中再念到大学，在家门口被父母看得紧紧的，上了大学也没办成住校，成了多多一大恨事。

不仅如此，她父母至今还有许多清规戒律管束着女儿，例如考试成绩必须在八十分或良好以上，下课之后立即回家，晚上只许去图书馆且九点之前必须回家，除新年晚会外不可以参加其他班级、系里、校里的娱乐活动，尤其不许外出郊游，不许和男同学看电影更不许谈恋爱……

"你今天又找什么借口跑出来的？"

"当然还是说去图书馆。"

"你不怕你妈在后面跟踪？"

"今天不会，我妈前几天出差了，周末才回来呢。"提起被跟踪，多多脸上蒙上一层耻辱和无奈。上次被她妈跟踪连我也吃了顿挂落儿，被指责带坏了她女儿。其实我只不过是推辞不过，才带多多去参加了学生会组织的舞会，而我本人其实根本不会跳舞。多多因此被关了半个月的"禁闭"——除了上课，不许离家半步。

"陪我回图书馆吧，边走边吃。"

"我今天不想看书。"我捏着鼻子吃了一颗蚕蛹，别说多多做的还真是好吃，这小丫头因为被父母管得实在无聊，没事又不让随便出门，就在家苦练烹饪，不照着菜谱练，就凭自己瞎想，做出的东西别有一番风味。我吃了一个又一个，煞不住车了。

"去吧去吧，看在人家给你做好吃的份儿上。"

"你干嘛老缠着我呀，我怕你妈了。"

"人家喜欢你嘛！"多多依在我的胳膊上，脸蹭着我的肩膀。

"啧啧啧，鸡皮疙瘩！好在我不是男生，否则早连牙都软倒了。"

"嗯，好在你不是男生，否则，就不是关半个月禁闭了。"

"好啦好啦，别提伤心往事了。也没见过你爸妈这样的父母。走吧。"

一路上，多多挽着我的胳膊，半个身子靠着我，让我总觉得走得挤挤拥拥东倒西歪的。虽然平时我是个十分随便的人，和男生女生都嘻嘻哈哈，但我就是不习惯与别人发生身体的接触，就连中学最亲密的女友，我也很少和她手拉手地走。可我拿多多没办法，她看起来那么小那么需要呵护，第一次我把自己的胳膊从她怀里抽出来时，她那可怜巴巴的眼神让我怎么也不好意思再次抽出手臂。可我实在是不舒服，有一次，我开玩笑说："怎么弄得咱俩跟同性恋似的。"

"呸！你可真恶心，想得那么歪！"多多大力地啐了我一口，翻了翻白眼。

我于是只好慢慢让自己习惯多多挂在手臂上的感觉。

"哎，下周三到我家住两天吧，我爸我妈都出差了。"

"喝，那你不成霸王了？"

"嘻嘻，就是啊，所以请你一起当霸王。"

"有啥好处？"

"给你做好吃的。"

"你当我猪啊？！整天就是吃呀吃的。"

"可你就是，一提吃就流口水，你看，现在就又咽口水了吧。"

"可恶的小丫头！"我狠狠地搔了多多有胳肢窝，她笑着跑到前面，歪着头看我。在黄昏的光晕中，这丫头清纯漂亮得像观音身边的玉女。

周三下了课，多多就拉着我陪她回家，她说她得赶紧，因为搞不清什么时候她爸妈就会打电话来查岗，万一没逮着她，她就跳到黄河也洗不清了，弄不好又得关禁闭。

多多知道我爱喝酒，当晚专门做了五香花生米之类的下酒零食，又开了一瓶红酒，和我一起靠在她父母的大床上一边看电视一边吃吃喝喝。

我问她，"如果她爸妈回来发现少了瓶酒怎么办？"她胸有成竹地说："我就说我想试着用红酒烧菜结果把瓶子打碎了，他们知道我经常在厨房瞎闹，打碎的瓶子碗都不计其数了，所以不会在意的。"

我于是放心地大吃大喝起来。

电视里正演一个台湾爱情剧，磨磨叽叽不是我们的菜，就只为了有点儿背景声音好聊天。

多多的酒量不行，喝了没几口就脸红眼涩了，不知怎么，新仇旧恨涌上心头，开始讲起她与父母之间的斗争：

"从上小学起，他们每天的例行公事就是翻我的书包、偷看我的日记，好在那时候也没什么秘密，翻就翻了看就看了。后来上到高中，我们班学委，男生，学习当然非常好，人缘也好，大家都喜欢他，我也喜欢，但我那时候一方面也不太懂这个另一方面也不敢，所以相安无事的。上到高二，有一天他突然塞给我一封信，你能猜出来，就是情书了。那是我收到的第一封情书，特别宝贝，虽然并没有答应他，却也舍不得烧掉，天天带在身上。也是我不小心，就被我妈翻出来了，跑到学校交给校长，非说那男生要流氓，要学校开除他。闹得满城风雨，最后到底那个男生转学了，可我妈还不依不饶，跑到人家新学校去闹，后来，我听说那男孩退了学，真的当了街头混混。我恨死了，在学校里也抬不起头，我当时发誓高考一定要考到外地，永远离开这个家，可我爸妈早就猜出我的心思，高考完，我连志愿书的边儿都没摸到就被我爸妈填好交上去了……"

多多哭得再也说不下去了，我叹着气，也想不出怎么安慰她好，这样的父母谁摊上就只好怪自己命苦了。

多多趴在我肩上呜呜咽咽地抽嗒着，我拍着她的背，一会儿，她就这么睡着了。我把她放下，为她盖好被，把剩下的酒喝光，自己在旁边的被窝里睡下。朦胧中，多多翻了个身，钻进我的被窝，搂住我并把一条腿压在我的大腿上。我和她都只穿了件短袖 T 恤和三角短裤，这突如其来的肌肤相亲把我惊醒并紧张出一身冷汗。我连忙从她的怀里挣出来，爬起身摸索着睡到客厅的沙发上。多多也被惊醒了，跟出来问我怎么了，我说："你睡觉不老实。"

"对不起，我睡觉骑枕头骑惯了，把你当枕头了。"她不好意思地说，"你还是睡大床，我回自己房间睡。"

我越来越觉得和多多在一起有些别扭了，有意无意地疏远多多，恰在此时，我恋爱了。

周末晚上，为了躲开多多，我逃到舞会去，我不会跳舞，为了不引起注意，我坐在灯光最暗的角落，傻乎乎地看别人跳。王燃走到我跟前，问："你怎么一直坐着？"

我看着眼前高大和善的男生，说："我不会跳啊。"

"简单，来，我教你。"

我鬼使神差地投入王燃双臂之间，在他的带动下，翩然旋转在人群的缝隙间。一曲快三结束，我像喝醉了酒一样不辨东西，只好让王燃牵着手才走回到原来的座位上。

"怎么样？容易吧。"

"不容易，我都晕了。"

我把王燃带给多多看，多多说："这样的男人你也喜欢，傻乎乎的，又不帅。"

我说："我觉得他倒是挺有趣的，而且，男朋友不能找太帅的，会有危机感。"

多多不断地挑王燃的毛病，从家在外地一直挑到鼻毛过长。我说："你烦不烦啊，又不是给你做男朋友。"

"人家还不是为你好？！狗咬吕洞宾！"

王燃问我："怎么多多总跟我做对啊？"

我说："可能她也爱上你了吧。"

我像玩藏猫猫一样躲着多多，不断地变换和王燃约会的地点。晚上回到宿舍，常常可能在床上发现多多送过来的精巧小饭盒，里面装着酱牛肉啦炸小黄鱼啦泡菜什么的，使我第二天上课时难以面对多多幽怨的眼睛。

"重色轻友的家伙！"

我尴尬地笑笑："等你有了男朋友就不这么说了。"

"我才不会呢，我这辈子就爱你一个了。"多多把脸紧紧地贴在我肩膀上。

我下意识地哆嗦了一下："尽说傻话，我又不会娶你。"

"反正，我只爱你。"

"去！又来了你！说你变态嘛。"

多多突然满眼盈着泪："好吧，我变态，今天咱们也别拐弯抹角藏着掖着的，我就是爱上你了，我不许你爱别人！"

我被惊呆了，到底是摊牌了。好，这样也好。我使劲儿把自己的胳膊抽出来，严肃地看着多多："我希望你是说笑的。如果你是认真的，那么，我只能说，我没这种兴趣。"

多多放声哭起来，周围的同学都看过来，恰在此时，上课铃响了，我说："别哭了，上课了。"

"呜……我不上了……"多多边说边跑下楼。

我在同学们好奇的目光中无奈地晃晃脑袋，回到教室。我想这丫头让她父母管得出邪了，也许我偷偷给她介绍个出色的男孩，她会清醒过来。

下了课，我找到王燃"你有没有比较好的哥们，给多多介绍介绍。"

王燃说："有有有！你一说倒提醒我了，我们宿舍老二和多多倒像是绝配啊，容我回去和老二问问。"

"好，你抓紧，当个事儿办啊。"

我和王燃仍然是一直在外面蹭到快熄灯才各自回宿舍，我的床上又放着多多的饭盒，我还真有点儿饿了，打开饭盒，没有吃的，只有一张纸条，上面写着：

"如果晚上九点半还看不到你，你就再也见不到我了。"

我急忙看表，其实不用看，我也知道马上就到十点了。我扔下饭盒，飞奔出门。我知道多多不可能去别处，所以直扑她的家。我一边狂奔一边想："我他妈的有病吧，她父母把她看得比犯人还紧，她能出什么事啊！"可是不知怎么，心里就有一种预感，多多真的是出事了。

我狂拍多多家的门，手都拍红了，可是没有人应门。隔壁的人探头出来看，我问："她家怎么没人呀？"

"林教授夫妇都出差了，但他家女儿应该在家的，刚刚我还听到她家有动静呢。"

我说："您家有电话吧，借我打个电话，我猜她家出事儿了，我闻到有煤气味儿。"

多多在医院躺了一周，终于出院了。除了我没有人知道多多是自杀，多多告诉别人她在家煮鸡汤，汤开了把火扑灭了她不知道，幸亏我来还书，否则她就死定了。多多的父母因此对我感激不尽，非但捐弃前嫌，还恩准我二十四小时随时来家作客。

医院里，多多私下里握着我的手："我知道你不想，可是我没有办法，没有你，我不知道自己活着还有什么意思。"

我说："你真是傻孩子，你是自己死心眼想邪了，我和王燃说了，要把他们宿舍老二介绍给你呢。"

"不，我不要，我只要你。我清楚自己不想要任何男人，只要你。"多多更紧密而沉重地挂在我的胳膊上。

我戒掉了保持了十年的记日记的习惯，因为多多开始像她父母对付她那样对付我，而且我觉得我已经不需要用纸笔来记录了，那段经历已经深刻在我的骨髓里，就算我想忘记也不可能了。

有了多多父母的恩准，我住在宿舍的时间越来越少，一天二十四小时全天候地和多多粘在一起，多多甚至要求她的父母在她的房间帮我加了一张单人床。我开始从男人的角度来看多多，除了太会吃醋太会缠人，多多无疑是个好情人好妻子，漂亮、聪明、温柔、能干，她把我伺候得每天除了学习、吃饭、上厕所和睡觉需要亲力亲为之外，其他一切都无需动手。

但是，我得了神经衰弱，晚上要么整夜整夜失眠，要么整夜整夜恶梦不断，只好靠安眠药来支持，结果又搞得我白天昏昏沉沉两眼迷蒙。我的魔鬼身材在学期末变成了一把棱角突出的骨头架，搞得连文科系不相识的女生都跑来问我减肥秘方。

多多心疼地抱着我哭："都是我把你害了。"

她不间断地为我做各种药膳补品，可我的胃口彻底坏掉了，如果不是为了活命，我会拒绝一切食物。

我相信多多是真的心疼我，夜里我睡不着觉却不敢随便翻身换姿势，因为如果多多醒来发现我又在失眠就会哭。我常常借着窗外透进来的一点点朦胧光线看着卷在我怀里的多多，那张漂亮的小脸让人怎么都恨不起来。她爱侧着身用一条手臂勾着我的脖子，那条光洁细腻有一点儿凉浸浸的手臂，压在我的半个胸上，让我上不来气儿。

我感觉自己和多多在一起就像所有吸毒的人，既恨恨厌恶着又深深迷恋着。

临毕业我对系主任说："我去支边吧。"

系主任笑着说："你有这志向真是太好了，现在像你这样品学兼优的学生可是太少了。不过，第一今年我们没有支边的任务，第二林教授夫妇特别关照过，你现在身体不好，他们希望你能留校也好照应你。而且，现在系里也正需要一些新生力量，所以，我们已经决定让你和多多都留校了。"

我有了自己的宿舍，不再去多多家住，但我也还是躲不开多多，因为她总是来宿舍和我住在一起。

多多满脸嘲讽地笑着告诉我，她父母说她现在可以找男朋友考虑解决终身大事了。

我说："那你怎么说？"

"我说我还想考研呢，哪儿有时间谈恋爱。"

一年多以后，多多的父母开始对我表示不满："你和多多都不小了，该考虑一下自己的终身大事了，别还跟小孩子似的整天泡在一起。"

与此同时，多多的父母不断地把各式各样的白净书生带到多多面前。多多永远是半含羞地低着头，从头到尾只说"噢"或"不"。最终和哪个书生也没见上第二次面。每次相亲回来，多多都跑来告诉我这次她父母又介绍了一个什么样的傻瓜，她眉飞色舞地学对方后来无话可说的尴尬相，最后不忘讽刺她父母："现在着急了吧，哼！等他们明白我一辈子都不会找男朋友的……"

我怀疑多多纯粹是为了和她父母较劲才和我好的，我就问她是不是？

多多无辜地看着我，趴在我胸前说："你怎么到现在还不明白我？我是真的爱你的。男人有什么好的？又脏又粗又懒。"

为了证明对我的爱，多多隔几天就写一封情书放在我的枕下。我说："你可真多余，一天不见第二天早早的，还写什么情书，万一被人发现就有的瞧了。"

多多撒娇地说："就是因为危险才写，让你知道人家有多爱你。"

多多又去"相亲"了，所以我有机会在街上闲逛，我看着橱窗里映出的自己，鲜艳的连身长裙配上我的一把骨头，使我看上去好像能随风飞升，我的齐腰长发好像女巫的黑披风，我自己看着觉得古怪极了。

从小我是喜欢中性甚至男性服装，而且连雪花膏都不搽的，可自从和多多在一起，衣橱里反而充满了极其女性化的衣服，甚至极端到连牛仔裤都没有了，而且不管浓淡，我总要化了妆才出门。这使我每次看到镜中的自己都跟看到男人化妆穿裙子一样怪异。

我想我也变态了。

我一边走，一边幻想这一次让多多遇到一个心仪的男孩，让她决定不再用一生的幸福与她父母赌气，虽然我知道这种希望非常渺茫，多多已经铁了心用自己的不幸毁掉她父母的晚年，当然最不幸的是我，我只是多多攻击她父母的一件道具。

突然有人从后面重重地拍了我一下，我吓了一跳，一回头，看到了王燃。

王燃告诉我他已经结婚了，并且有了女儿。我说连忙说"恭喜恭喜。"

"你怎么样？"

"老样子。"

我看到王燃的眼睛里突然燃起火一样的热情。我们在酒店里开了一间房。当他的手滑过我的皮肤时，我不由自主地打了个冷战，想要逃离。但我还是挺住了，我要证明给自己看，我还是个正常的女人，没有彻底毁在多多的手里，虽然我也想，这种证明有什么用。

我在王燃的身下按照着我的想象进行蠕动呻吟的，可是感觉是如此的恶心，好像我们是在进行着男人之间的性交。我迫使自己去体会传说中的快感，可是没有，王燃粗糙的大手和多多细嫩的小手无法相提并论。

我们穿好衣服，坐下喝茶。王燃问我："当初为什么你不告而别？"

我摇摇头。

"那个男人是谁？"

"哪个？"我楞了。

"第一个得到你的那个。"

我看着我生命里的第一个男人，突然眼泪盈满了眼眶。

王燃惊愕地看着我："我听说你和多多……，是真的么？"

我怕我控制不了，逃一般地冲出了酒店。

我飞快地走在回校的路上，想着一定要离开这里。一等放假，我就悄悄地溜掉，去随便什么地方，让所有认识我的人都找不到我。我要把自己从这场恶梦中拯救出来，我不能让自己的一生从二十岁那天就走向毁灭。

我用最后的一点儿耐性应付着多多，我常常会开心地笑起来，让多多又是惊讶又是兴奋，而她无论如何也不会想到，我之所以笑是因为想到一个月以后将要出现的幸福。

我在给学生们上最后一堂课，然后就要期末考试了。我的心情如此的激动，使课堂里充满了流畅的快乐和幽默的气氛。我想我一定会对这一批学生格外开恩，不会让他们中任何一个人补考，为此，我在课堂上宣布："来，睡觉的同学都醒醒，我给大家划一下考试范围，希望在座的各位发扬一下互帮互学的好传统，回去后把考试范围告诉那些忙于个人大事而缺席的同学。"

教室里顿时一片欢腾。

就在此时，教室的门被粗暴地撞开，多多的妈妈变了形的脸突然就到了我面前，我还没弄清楚怎么回事，脸上已经火辣辣地中了一记响亮的耳光。

"你这个无耻卑鄙的小人，我们一家哪儿对不起你了，你居然做了这种事害我的多多，我说怎么多多到现在都不敢处男朋友，你这个衣冠禽兽，你也配站在这讲台上……"

教室里一片混乱。

我不知道自己是怎么回到宿舍的。一头栽倒在床上，不分昼夜地躺着，不知道自己到底是活着还是已经死去。

有人敲门，我有气无力地说："门没锁。"

门外站着系主任和一名警察。

多多死了，陪着她的还有她的父母。她把药下在了晚饭里。这回，没有人去救她。

多多的遗书只有一句话。

她说她要用一家三口的性命换回我的清白。

我的清白！我神经质地大笑起来，泪水却流了满脸满腮。

# 所谓爱情在诊所里

所谓的河，其实是条七扭八歪的排水沟，夏天里，散发着熏人的臭气。一条同样狭窄的七扭八歪的胡同因河而来，在这胡同和河之间，是些七扭八歪的老房子，半塌不塌地立着，其中有一栋，就是故事的"事发现场"了。

这一栋，跟别的没有什么不同。肮脏丑陋地建于七十年代的红砖火柴盒，楼下是经年没有处理的垃圾堆，一年大似一年。楼门半挂在门轴上，门板七零八落，大敞四开。楼道里是更加曲折的垃圾场，而且黑洞洞的，显得比外面的垃圾堆更具威胁。

不过，这些外景恐怕与来到这里的人没什么关系。真正对她们有用的布景是这样的：在这栋楼的顶层，有一间两室的套房，里间是手术室，很简单，就是一张让女人看了心惊胆战的床，躺上去，两腿分开支在架子上，女人就跟猪狗没什么两样了。外间是休息室，也很简单，也是一张床，虽然很破很脏，但比起里面的床来说是舒服多了，而且让人心里有了一丝安慰。

这是家不挂牌的私人妇科诊所，这种诊所在某个年代里非常盛行，它们结束了无数计划外感情的计划外生命，虽然它们都隐蔽在肮脏的角落里，但它们的生意红火，最重要的是，它们让一些倒霉的女人们有机会继续原来的生活。

把布景想象成一个话剧舞台，两间屋子纵向剖开，这样手术室和休息室对观众而言都一目了然。大幕拉开，于是，观众们看到：

一个年近不惑的中年男子站在休息室的门口，目光复杂地望着三子。三子站在手术室的门口，手足无措，不知是进还是退，一个浓妆看不出准确年龄的女人半躺在休息室的床上，挑着眼皮目光在中年男子和三子之间游走，最后盯在中年男子身上。

三子是满怀着崇高伟大的爱情走进这个垃圾堆里的。

她的爱情怎么可能不崇高伟大呢？她自己想，如果不是爱情，什么能使她放弃自尊放弃一切无怨无悔地缩在一个有妇之夫婚姻的阴影里？甚至，为他怀孕，为他来到这种龌龊的地方。只能解释为爱情了，她因为爱他，所以什么都可以不在乎，只要能和他在一起，只要能让他快乐和满足。

如果为了名份或婚姻，她是可以用这个孩子为条件威胁他的，可如果真的那样，她的爱情就打了很大的折扣，她的爱情就不单纯了，她不肯那样做。她要让他知道，她可以为他牺牲一切，包括精神上的和肉体上的，甚至加上骨肉至亲。

她被自己的爱情感动着，一路上，面色潮红，泪眼婆娑。

而钱生，他是怀着对过去两个月前的那次冲动的懊恼，和对未来两个月后自由的向往走进这个垃圾堆的。

作为一个年近不惑有家有室的男人，周旋在家庭与情人之间这么久，单从精神上讲，他已经彻底疲惫了。若不是对年轻肉体的眷恋，半年前他就应该是个洗心革面的好丈夫好父亲了。只是，他的那个不听话的命根子，总是打扰他的理性决定，一次又一次地推延他一走了之的行期，并终于酿成今天的惨祸。

好在，还不算太惨，起码她同意来这里了结。钱生想，这样也好，这个意外让他彻底有决心了断了，这次他有信心控制小弟弟的反对。

那么，再假扮两个月的温存，给她一定的良心和道义上的安慰，他就要金盆洗手了。

他看着三子走进手术室，心里稍稍松了口气，但或多或少的，又有一些内疚。他从口袋里摸出一盒烟，又醒悟到环境不对。把烟放回去，想找个地方坐下。可休息室里除了一张床什么也没有，而床上，已经有个女人躺在上面了，看她的脸色，应该是刚做完手术的。

只是她的目光却完全没有钱生想象中出现在这种地方的女人的那种应有的躲避和羞惭，相反，她放肆地上上下下打量着他，嘴角还带着嘲讽的微笑。这样一来，他倒不安起来，目光躲藏而羞愧。

三子站在手术室门口，突然对自己伟大的爱情产生了一丝怀疑。不是怀疑，是困惑。也不是困惑，是一种不准确的动摇。

她最先看到的是那张床，那张古怪的充满挑战意味的床。

很小很小的时候，有一次，她躺在床上玩玩具，完全是无意识地，她把一条腿抬起来又放下抬起来又放下。那时候，她还是个柔软的小东西，所以，她能把腿抬得非常高，以至于小裙子落在腰上，内裤露在外面。然后，突然之间她被父亲狠狠的一巴掌打落了小腿。她的性意识被这突如其来的一巴掌打醒。从此，她的两条腿总是紧紧夹在一起，甚至对钱生，她也要拉上窗帘关了灯蒙上被子才可以把腿分开。

可现在，那张古怪的床却摆明了要让她双腿分开给别人看。

按理说，她是不该为此吃惊的，不分开腿怎么可能做手术呢？可是实物的冲击力比想象强一百倍，她一下子有点儿蒙了。

任心回头看了她一眼，冷冷地说："脱裤子，上床！"

这句话又把她吓了一跳，她的脑海里闪过的两个字是"奸"和"嫖"。可对方却明明是个一脸横肉的中年妇女。

任心对她说完就走出手术室的门，来到游莺的床前："你赶紧收拾收拾走，给别人腾地儿。"

游莺懒懒地说："急什么呀，她怎么着也得十几二十分钟才能出来呢。"

任心看游莺的目光在钱生身上，便低下身子，小声说："你快滚，别想在我这里招揽生意。"

也许任心并不想钱生听到她的话，但钱生听到了，也听懂了。

任心回到手术室，看到三子还呆呆地站在地中央，怒了："干嘛呢你？告诉你脱裤子上床没听见啊？"

三子一咬牙，脱掉外裤，她刚要往床上爬，任心又嚷："你穿内裤我怎么做手术啊？"

三子的脸已经快紫了，汗也不自禁地下来了，也是，这倒霉的七月酷暑。她手忙脚乱地脱掉内裤，躺在床上，自觉像一块砧板上的肥肉，恶心的肥肉。甚至这种表达也不完全，肥肉没有性别，而她有，而这，又恰恰是此时此刻最耻辱的。

这一刻，她终于醒悟了。刚刚动摇的并非是她的爱情，而是她自己性别的尊严。如果失去了性别的尊严，她不知道她那伟大的爱情又将依附于什么。

游莺在床上让出一点儿地方，对钱生说："得半天呢，怪累的，坐会儿吧。"

钱生犹豫了一下，将重心换了条腿，决定还是站着。

游莺格格格地笑了："你嫌我脏吧，都到这地方了，谁比谁脏还说不准呢。"

钱生听她这么说，心里又是怒又是愧，又担心三子听到这话。

手术室与休息室根本就是相连的，不过，此时他的担心倒是多余，三子的全部注意力都在身体的中部，根本就没有听到休息室里的对话。

先是温水冲洗，再生理盐水消毒，再是酒精，然后，一块像刚蒸过一屉碱大了的馒头一样黄褐色的布盖在三子的裸露的身体上。虽然看上去脏了点，但却让三子心里安稳了许多，性别的尊严得到了些许的满足。

接着叮叮当当一阵乱响，突然，异物入侵。三子不由自主地浑身一紧。

任心拍了一下她的腿，大声地嚷嚷："姑娘，这是扩宫器，不是男人的玩意，你夹那么紧干嘛？放松！！"

休息室里传来游莺放荡的狂笑。三子呼地坐起来，任心冷冷地看着她："不做了？"

钱生在手术室门口探进头，脸紧张得变了形，三子慢慢地躺下去，泪决堤而下。

任心轻哼了一声："还算不太糊涂。"

在任心眼里，满天下都是糊涂女人，卖淫的、偷情的、未婚先孕的。也是，不糊涂的女人也不会到她这里来，就算是聪明女人，也难免办几回糊涂事，可一旦办下了这种糊涂事，就得跑到她这里解决。所以，任心在这些女人面前，不自禁地就要表现出高人一等的样子。

可从另一个角度，她所操之业毕竟是行医行当的贱业，只好躲在阴暗肮脏的垃圾堆里，这又使她不自觉得自卑起来，自卑的后果，就是越发要在这些糊涂的女人面前逞一逞淫威。按她的理论，老天也要给这些不要脸的女人一些脸子看的，看着那些女人在自己的淫威下愧不能死的表情，她便生出替天行道的光荣和满足。

钱生看到三子重新躺回去，悄悄地松了口气。刚刚他是真的怕三子一怒之下拂袖而去，那他的后半生可就要交待了。

他抹了一把额头的汗，这倒霉的天气。

游莺说："别探头探脑啦，我劝你最好别看。我接过一个客人，你猜他怎么着？他老婆生孩子时请赤脚医生在家里接生，他看到孩子从老婆两腿之间冒出来，从此，在他老婆面前，他就阳萎了。"

钱生瞪了一眼游莺，什么也没说。

游莺也不理会他，接着说："然后，他就开始四下来找女人。"

说到这儿，游莺突然来了感慨："其实男人有什么爱情啊？男人的爱情都是基于那块烂肉，勃起了，满心都是爱了，泄了，爱情也就放气了。虽然偶尔爱情也会爬上男人的脑袋，可关键时候，往往又被那堆烂肉出卖了。女人总是以为爱情是精神的，哈哈哈。。。。比如屋里这位，估计她还没发现自己的爱情已经到头了。你别瞪我，从你们一进屋，我就看出你根本就不爱她。也许你爱过，可现在不爱了，你在她身上已经泄完了。"

钱生心里一惊，但他故作镇定地"哼"了一声，表示嗤之以鼻。

游莺接着说："你肯定在想，一个臭婊子懂什么爱情。哈，我是不懂爱情，不过，来找我的客人，既有寻欢找乐的，也有消愁解闷的，我了解各种各样的男人，了解他们各种各样情绪下的想法，了解他们各种各样表情的潜台词，哈哈哈，我比算命的还会看相。"

手术室里，机器嗡地一声启动，没十秒钟，三子就忍不住了，大声地呻吟起来。

任心毫不客气："叫什么叫，跟男人痛快的时候怎么不想着今天啊？"因为想到这是上天借自己的手对这些女人实施惩罚，所以任心手下毫不留情。

三子想这简直不成道理，但她已经顾不得想清楚什么更成道理。她想向革命烈士们学习，宁死不屈，以保留一点儿尊严，但她高估了自己，只坚持了一分多钟，她就什么也顾不上了，大哭大叫："求你啦，停一下，我要死了！"

如果真的是面对着一把屠刀，三子也许还真不至于屈服求饶，大不了一死，但眼前是明知死不了的活受罪，足以把她一切崇高和尊严都打得稀巴烂，她两只手死死地攥着手术床沿，呜咽着大口大口地吸着气，一小部分是为了肉体的疼，更多却是为了精神的屈辱：当着她亲爱的人的面，她向任心投降，就等于彻底丧失了她的性别尊严；失去了性别尊严，她就失去了爱他的能力。在他的面前，她变成了一只猪，一条狗，再也不是一个女人。

钱生听到三子撕心裂肺的哭叫声，心里一抽一抽的难受。他忍不住来回踱起了步。

游莺仍然不阴不阳地说："你又感到爱情回来了，其实，那只不过是你的良心回来了。没关系，别看她现在死去活来的，我担保，一周以后，又活蹦乱跳的了，那时候，你的所谓爱情就又泄气了。"

钱生勃然大怒，从牙缝里挤出一句："臭婊子，滚！"

游莺不以为意，施施然下了床，趿上鞋走出门，临出门，回头嫣然一笑："我说到你的痛处上了，是吧？"

游莺"哐"地一声关上门，钱生一屁股坐在床上，然后又突然弹跳起来，似乎猛地想到不要被那床沾污了自己。

他从来没有认真想过与三子之间的感情，虽然已经保持了这么长时间，但这段感情里，他大部分时候只是随波逐流，听任它来，又听凭它去，来时没有拒绝，去时也不打算挽留，整个过程中，他不过是做一些本能的反应，比如响应三子的爱，比如对妻子撒谎。

如果这样想来，倒真是依了游莺的话，勃起了就爱了，泄了就不爱了。可就算他不道德，却也不想自己真是这样猥琐的男人，这简直就是猪狗不如。他突然一桩一件地回想起三子对自己的爱，他从前并没有往深了想，这爱原来那样干脆那样坦白。

他羞愧难当，在三子的哭叫声中，更是坐定不安。他站起来，走到窗前，窗外是那条河，河边也堆满了垃圾，或者说，整个河岸就是垃圾堆成的。一条瘦小的野狗正在那里翻咬着东西。钱生想着，自己居然把三子带到这种肮脏的地方来了结她心目中神圣的爱情的结晶，越发觉得对不起三子。

可是对不起又能如何呢？他想了想，还是游莺那句话，不过是良心回归，让他的爱情能再勃起一段时间。他只好安慰自己：也许这段时间对三子来说也是好的，也许这段时间可以弥补他对她的伤害。

当任心说"起来吧"时，三子已经起不来了。她浸在自己的汗水里，魂游天外。她从屋顶上看到自己，看到任心揭开盖在她身上血污的"屉布"，然后她看到了自己的裸体，大大地分着腿，显露着女性的性器，仿佛是一种嘲弄，告诉她从此之后，唯有这里能证明她是女人。

任心把一个锈迹斑驳的不锈钢盘子端到她面前，里面有一团血肉模糊的东西："喂，看一眼啊，都流出来了，很完整。"

三子扫了一眼。在来之前，她曾为即将失去这团血肉而痛不欲生，可现在，她对着它竟毫无感觉。她曾以为失去它是她最大的损失，却不知此行竟使她失去了更重要的东西。

她慢慢坐起来，穿上内裤外裤，她分不清那彻骨的疼痛到底来自下体还是来自心灵。

她目无所视地走出手术室，径直向屋外走去。钱生试图把她扶到床上休息，但她拂袖甩开了他。轻轻地说："我们，从此，陌路。"然后踉跄地开门走出去。

钱生呆了一呆，这是他万没想到的结局。他扔下钱，慌忙追了出去。

任心把钱揣进兜里，按了按，满意地关上门，走了。

# 寂寞开车无主

深夜的三里屯有着异样的情调和繁华。

我已经长久不到这个地方来了，也许是因为自己的年龄一天比一天大，而这里的人却一天比一天年轻。可今晚，偏偏又来到了这个地方，这家酒吧的生意仍然不冷不热，我喜欢它并非因为它有什么特色，只是因为它没有乐队也没有时装表演，所以客人总不太多，清清静静的。

推门进去，随便找一个桌子坐下来，身披绶带的酒小姐立即向我隆重推出"刚刚到货的特别适合女士口味兼有活血美容效果喝多也不会难受的纯正法国红酒"。

对我来说，所有的酒都一样的难喝，但偏偏我又喜欢微醉的轻飘和亦真亦幻的感觉。我心里喜欢女孩手中的细高秀气的酒瓶，便没用她再费口舌，说："那就来一瓶吧。"女孩欣喜异常，她可能只指望着卖我一杯就好了。

她刚转身去取酒，我又补了一句："再来两听七喜，帮我用柠檬和冰块调好。"女孩回头似有难言之隐地看了我一眼，终于还是说："小姐，这种酒是不合适兑七喜和冰块的。"我心想，不兑七喜我怎么可能喝下去。笑着说："我喜欢。"女孩用一种孺子不可教也的遗憾和轻视的眼神再看我一眼，无奈地照办了。

我知道如今在酒吧里红酒兑汽水是一种极老土的喝法，尽管无数年前它是时尚，怎耐我对时尚总是反应迟钝，甚至到了无药可救的地步，虽然我曾削尖了脑袋试图钻进时尚的行列里，我花了血本买回来教女人怎么挥金如土的时尚杂志与书，也下了苦功照样学样，可几年下来，我仍然舞动刀叉如沙场斗士喝酒如酒鬼，我也仍然分不清香水的香型并对每年的流行色一脸白痴。我明白自己永远不可能成为仪态万方的窈窕淑女或风情万种的摩登女郎。我为此格外伤情，决定放纵自己的本性，不再费力改变自己。

兑了七喜的酒失去了原本的味道，变得甜爽清凉，在不知不觉间我已喝下去了半瓶，觉得自己身轻如燕。

我这样一边喝酒，一边在桌上摆着单人纸牌。多年以前，我和洪在这里消磨了无数周末，那时候，我和洪刚刚从各自的家乡漂到祖国的心脏，并无意间撞在一起，一样地刚刚经历了工作没着落、生活没依靠、有上顿没下顿、为租一个合适的住处跑断了腿吃亏上当的日子，又一样地刚刚稳定下来，因此特别有共同语言。

我们没有刻意地交往，但相同的境状使我们共处的时间不可避免地比与其他人共处的时间长得多。当我们各自的经济日趋宽裕后，我们便每周来三里屯买醉，醉后难免做了出格的事，于是在心里默默地将对方划为自己的私有财产，矛盾由此产生，我们开始彼此刺探彼此猜忌彼此折磨，赌气绊嘴吵架合好，在历尽坎坷与曲折后终于走向了婚姻。

说起来，已经很久没有再和洪吵架绊嘴了。在我们看来两口子吵架绊嘴第一需要激情第二需要精力，而经过多年的婚姻与生活磨砺，这两样东西我们都已欠奉。所以，在所有人看来，我们倒成了相敬如宾的典型。

早晨起来，洪在衣橱里翻了许久，问："我的衬衫呢？"

我躺在床上，想起来头一天晚上洗的两件衬衫都还在洗衣机里，忘记拿出来晾，另外几件干净的衬衫还在阳台的晒衣架上没有烫。

洪皱皱着脸穿上一件同样皱皱的衬衫。临出门，听到他小声地嘀咕了一句："越来越不像话了。"

他的声音大小正好够我听到，这是我们表示对对方不满时常用的一种方法，像是自言自语偏又让对方听得见。

我想跳起来对他嚷"不就是衬衫皱了点儿么？又没让你光着出门，再说，都一样的上班挣钱，也没见你给我烫过半次衣服！"

可和每次一样，我到底还是省了力气，恋着暖暖的被窝，只是一把把被子蒙过头顶以示不接受他的抗议。

一整天都在消沉中。

我在微醉中回忆着自己三十来年的生活，没有什么可圈可点的东西，于是更觉失败，也许该趁着微醉把所有过往都忘记掉，在幻想中给自己一个全新的身份。

邻桌坐着一个男子。他大约有三十三、四岁的年龄，方正的脸没有太多的特色，身材保持得倒好，而且，在这寒冷的冬夜，他只在衬衫外穿了件轻薄的羊绒外衣，从看似普通实则样样精品的衣着推断出他的身份起码是个高级白领。

我为自己的庸俗狠狠地罚了自己一杯酒。

和我一样，他也是单独一个人，边喝酒边看杂志边透过杂志的边缘打量我。

我下意识地张开手指插入自己的短发向后一捋，使它们站起来再回手一理让它们重新趴下，头发呈现出零乱不羁的造型。在数年前被洪赞为我最洒脱性感的动作之后，这便成了我最习惯的一个小动作。

我用第六感感觉到在自己与邻桌男子之间的那一种若有若无的联系，不知道谁会首先将它落实。我想，暂时不会是我，因为我还没有喝醉。

我继续摆着纸牌并等待着。

午夜就在等待中一点点地逼近，三里屯一点点地逼近它每日的高潮。

两个女郎推门而入，她们的打扮与时髦的前卫女孩子没什么大的差别，但我还是一下子就认定了她们的职业，她们装饰浓重的眸子漫不经心却犀利地在酒吧里扫过，然后不约而同地，两双高筒皮靴同时脆响着移到邻桌，一左一右在那男子身边坐下。

我听见邻桌男子与两位女郎轻声谈笑，其中一位女郎保持着紧靠椅背的保守姿势，但在她的言语协助下，她同伴的身体与邻桌男子越来越近。

我在心里轻轻地笑起来。

在我和洪结婚一周年的日子，我们耗费了几乎全部积蓄很浪漫地安排了一趟短途旅行，并在当地唯一的一家五星级酒店过了一夜。沐浴后，洪先回到床上，我在卫生间整理自己的湿发，电话响了，洪和我同时接起来，洪说："喂。"一个嗲嗲的女声问："先生，需要按摩吗？"我放下了听筒，走出卫生间，洪促狭地向我挤着眼睛和对方缠着，从人家的三围直问到价格表。最后有些大惊失色起来，原来对方已经挂断电话上楼了。我只好在门铃响起时在屋里娇嘀嘀地问了声"谁"，才了结了这段小插曲。

也许，马上邻桌男子也会需要我出声相助。我想着，向邻桌瞟了一眼。

果然，在两位女郎的攻势下，那男子已经露出了败相，他恰恰也抬起了头，向我张望。我给了他一张写满幸灾乐祸的坏笑的脸后，又转回到自己的扑克牌上。

我玩的是 24 点。随便抽出四张牌，然后用这四张牌对应的数字与加减乘除等运算符组合列出算式，每个数字只能而且必须用一次，看是否能得出"24"这个结果。这是我和洪从前常玩的游戏，尤其是两个人都喝得差不多了的时候，谁先得出正确的结果谁就赢了，输了的喝酒，这样的结果就是越输越喝酒，越喝越糊涂，越糊涂越算不出数来。那阵子，为了赢，我在路上看见汽车车牌就不自觉地用后四位数字列算式，想起几次把洪灌得抱着路边的大树高唱革命歌曲我就禁不住要笑出声。

一个人重重地在我身边的椅子上坐下，是邻桌男子。

"我说你是我的女朋友，我们吵架了。"他直直地盯着我说。

我一下愣住了，马上又明白过来，扭头看到那两个女郎正放肆地打量着我。我回她们以冷漠轻蔑的眼神，然后继续盯着自己的牌，用只有男子可以听到的声音说："唉，没有金刚钻别揽瓷器活，惹火上身了吧。"

过了一会儿，两个女郎起身离开了酒吧。

"现在，你安全了。"我这样说，提醒他可以回到他自己的位置上了，但我想他不会回去的。

果然，男子没有接我的话，倒反问我在干什么，他不明白我为什么不断地放下四张牌，盯一会儿，收到一边，再放下四张牌。

我向他解释，他恍然大悟，说"，一个人玩多没意思，咱俩一起玩，输了的喝酒。"

我把牌都收起来，洗了洗，我的酒快喝完了，身体和精神一起，都进入了一种说不出的轻飘空灵状态，我瞟了一眼他手中的哈尼根，说："好啊。"

我没想到的是很快我就没有酒了。他调侃地说："你也让我喝几口啊。"我心里气愤，可脑子就是不够转，想不到自己最拿手的玩意竟败在新手的手里。我推开扑克说："我输了。"

他很诧异地看了我一眼："我以为像你这样的女孩不会这么轻易认输的。"

"噢？你以为我是什么样的女人呢？"我特意把他口中的"女孩"改成"女人"。

"这个么，不能说，这种话是非常容易得罪人的。"

我埋头洗牌，不再说话。半晌，他又开口："你没有好奇心么？"

"有一些，不多。"

他笑了起来："果然不多。如果男人像我那样回答你的问题，一般都会挑逗起女孩的兴趣，把话题没完没了地进行下去。"

我也笑了："因为女孩子好奇心强一些是很可爱的，女人的好奇心强可就讨人厌了。"

"你很强调女人与女孩的区别。"

"是啊，这一点对女性来说十分重要。"

"那你用什么来划分女人与女孩呢？"

"年龄和婚姻。"

"那你是因为年龄还是婚姻而把自己划为女人行列的呢？"

"两者都有。"说完，我抬头看了看他："你的好奇心很重。"

"不好么？"

我没说。

我向吧台的侍者点点手，让他给我加一份苹果汁。

"你不喝酒了？"

"不喝了。"

"如果我请客呢？"

"不，今天够了。"

"你每天喝酒还有定量？"

我不置可否地笑笑。我并不讨厌我的同伴，虽然他比我想像得聒噪，但他的声音听起来很舒服。我不太敢正视他的脸，天生我就害怕与别人正面对视，但我能从一个人的声音里听出他的表情和心理，甚至比直视对方的眼睛还准确。我听出他已经对我产生了很大的兴趣，也许他在猜测我是感情受到了什么伤害来此借酒浇愁，还是独守空闺等待一次感情的慰藉，然后决定自己出演什么样的角色。

我把玩着果汁杯，将杯口上装饰用的一小片苹果和一个樱桃都吃掉，用搅拌棒搅着果汁里的冰块起起伏伏。

我的手机是关着的，我想象着洪在家里究竟是在怒火三千丈地一遍又一遍拨着我的手机，还是已经呼呼大睡。刚结婚的时候，每天下班前后，他都会打电话问我晚上的安排并告诉我他晚上是要加班还是会朋友还是回家吃饭。后来，像许多当年甜蜜的习惯一样，自我感觉老夫老妻了的我们都慢慢的放弃了，只有当对方没有按自己的预想出现时才会打个问讯电话。

有一次我晚上加班和客户开会，手机又恰好没电了，边开会边担心他找不到我着急，谁知到家的时候他没事儿人一样正看着电视里的夜场电影。

我问他："你也不担心我出了什么事？"

他反问："能出什么事？"

我被问得没话可说，憋了半天，咬牙切齿地嗯了声："你现在很不在乎我啦。"

虽然这样说了，洪也没有做出他在乎我的表示。他听任我气哼哼地走进卧室，继续泰然地看着他的电视。

我深深地吸了一口果汁，盯着杯子里的液面迅速地下降到杯底，发出奇奇怪怪的不太优雅的咕嘟声。我放开吸管，把杯子往前推了推，招手叫侍应生结帐。

"怎么？要走了？"男子问。

我点点头。

男子让侍应生也给他结帐。一会儿，侍应生送来两份帐单，男子看了一眼，都结了。我用微醉的眼看着他。

"不想给我这份殊荣吗？"男子说。

我耸耸肩说："那就谢谢了。"

　　说着，我站起来。血突然一涌，我打了个趔趄。马上，一条有力的臂膀扶住了我的腰。我定了定神，从那条手臂中脱出来，走出酒吧。一股寒气扑面而来，我把羽绒夹克的拉链拉到顶，把半张脸缩进领子里。

　　家离这里不算远，步行回去也不过是二十分钟，可我还没有打定主意回家。三里屯没有夜的黑暗，满街闪烁着的霓虹灯照在来来往往的红男绿女的脸上，有着不确定的诱惑。我缩着脖子埋着头抱着双臂慢慢地沿着街走。男子跟在我的身边。

　　"先生，给漂亮的小姐买束花吧。"脆脆的童声带着几分寒冷的颤音。

　　男子摸出钱夹，我说："不用了，我不漂亮，也不是小姐。"

　　男子还是买了一支玫瑰，插进我抱着的双臂之间。我看到那支玫瑰还没来得及开放就已经趋于凋零。

　　"我的车在那边，你去哪儿？我可以送你。"男子指着停在街对面路边的一辆白色本田。

　　"我还没想好去哪儿。您请自便。"我说。

　　"那咱们开车一起去兜风如何？"他说。

　　我站住，转身，看着他的脸。他的脸很平静，没有太深刻的期待，也没有过分的热情，像是临下班随口约一个平时要好的同事一起到楼下的餐馆晚餐一样。这让我一下子改了主意，问："我开车可以么？"

　　已经是凌晨二点多了，环路上没有多少车，车速已到了一百三，并还在往上攀升，车身开始不正常地振动并发出越来越大的轰响。我认为，在人的潜意识里，都怀有对速度的无限追求。我喜欢猎豹，喜欢它在极速奔跑时的动感。我曾经开玩笑地对朋友说我不会学车，因为如果我学会了开车，早晚会把小命断送在高速公路上。话虽这么说，我还是学了车，并因此结识了洪，把自己的终身交付了出去。

　　我和洪还有另外一个三十岁上下的外贸女经理同车，师傅是个严厉苛刻的大胡子，幸好那个披着文静得近乎羞怯外衣的女经理，装了满肚子的有色段子，每每在关键时刻拿出来缓解紧张空气，才使我们顺利渡过最开始艰难的几天。

随着三个手脚伶俐的学徒技艺的突飞猛进，师徒四人的关系日渐融洽，女经理的段子也越来越升级，我遂在女经理说段子的时候满脸通红手脚出汗地驾车在教练场横冲直撞。师傅一边被女经理逗得狂笑一边对我说："二十好几了你装什么天真，有什么不好意思的，小心开车，撞到大树上我可不饶你。"我于是更尴尬，洪在后排座意味深长地笑着看我。

我并非有意守身，同时也没觉得自己二十五岁还是处女有什么不妥，但在那个融洽却粗俗的环境里，我的羞怯倒成了矫情，使我很受打击。后来当洪以难以置信而后欣喜若狂的神情看到床单上的血迹时，我真有些哭笑不得。也正因此，洪对我放了一万个心，那是不是同样的理由使他越来越不重视我了呢，也许他想反正你总归是我的女人。

想到此我很是生气。

由于黑暗与速度，车窗外的一切都模糊一团，我们的车子在起起伏伏的高架桥上飞驰，就像是在波涛中沉浮把自己的命运交给了上天的小船。我扭头看身边的人，他紧紧地靠在椅背上，仍然是那张平静的脸。

我突然感到胃里一阵翻涌，猛地踩刹车，车子尖叫着停在了路边紧急停车带。我跳下车，弯着腰在路边翻江倒海地吐起来，直闹得自己鼻涕一把眼泪一把。

我的同伴看到我终于直起腰，递给我一瓶矿泉水："漱漱口吧。"

我和我的同伴互换了位置，车子平稳启动。

"你没事儿吧。"我的同伴问。

"没事儿。"我又把脸缩回到自己的羽绒夹克里。

"我可快被你吓死了。早知道你是女飞车党，我说什么也不会让你开车，我还没做好现在就去看上帝的准备呢。"

"我看你的脸色挺平静的，没害怕呀。"

"什么平静，是被你吓得忘了表情了。"

"噢。"

"你是不是心情不太好啊？也许说出来会好受些。"我的同伴不经意似的说。

我的心情当然不好。可我应该说给他听吗？我侧脸看他，觉得这是一张耐看的脸，看多了反而会觉得更吸引人。他也扭头看我："怎么，你不觉得我很英俊吗？哈哈哈哈……"

我没有笑，说："你的确挺受看的。"

他挑起眉毛看着我，说："还第一次有人给我这么低的评语呢。"

"那，对不起了。"

他轻笑了一下："有意思！"过了一会儿，见我没有接话，又继续说："你，很有意思。"

"我没什么意思。"我淡淡地说。

"那我有意思行了吧。"他边说边伸出右手紧紧地握了一下我的左手。

我呆呆地看着他的手，在心里问自己要不要挣脱出来。我想答案当然是要，可是我觉得浑身软弱无力，看着自己的手就像看着另一副躯体。我的身体软绵绵的想进入睡眠，可我的精神却亢奋着不肯回家，它在我的周围漂浮着，意味深长地笑着看着我，看着我身边的人，仿佛它早已安排好了这个曲目，并等待着接下来的必然的结局。

"有没有兴趣去乡下走走？"他问。

"怎么讲？"

"我在顺义有一处房子，去那儿渡个周末怎么样？"

我斜了他一眼："看不出，你还挺阔的，还有别墅。"

他微微笑了一下："什么别墅，就一瓦房。"说着车子拐上了机场高速。

我不由地在心里叹了口气：这世界啊！我和洪苦熬苦混到现在还没有片瓦盖身，有些人呢城里有房城外有别墅的。

和洪结婚之前曾经仔细地研究过在北京置家的方案，看了几处楼盘之后，我和洪发觉在北京置家之难比登天之难不相上下，就算天天吃咸菜稀饭，光一个首期款也够我们攒个三年五年的了，于是只好继续租房。搬家搬到麻木，被中介公司骗了许多钱去。对洪抱怨时，洪就说租房也有好处啊，换工作就可以搬个上班近些的房子住，而且住遍北京城，地面儿比老北京还熟。

可我真的是再也不想过这种为了找房子吃不好睡不香的日子了。走在北京的大街小巷，看着拔地而起的一处处小区，总是憧憬着有那么一间是自己的。有一阵我疯狂地买家居杂志，闲着没事就在纸上画装修草图聊以自慰。

洪说，"女人啊，就是爱做梦。"

我说，"连梦都不让做你还让不让我活了。"

洪说，"要不，你趁着红颜未老，再找个有房有地的嫁吧。"

我说，"边儿去。"

我把手从身边男人的手里抽出来："你老婆呢？"

"你凭什么认为我一定结婚了？"

"你没结婚？"

"结了。"

"那，你老婆呢？"

"家呢。"

我把下巴挂在车窗框上，呆楞楞地看着窗外黑黝黝的夜。正是黎明前最黑暗的时间，一切都在梦里，我也在梦里。

我突然禁不住自己的眼泪，任泪水像泛滥的河水一样冲过堤坝，刹那间漫过了我的脸颊。我无声地痛哭着，不一会儿就鼻塞了，开始稀稀溜溜地吸鼻涕。

身边的男人一脚踩在刹车上，问我："你怎么了？"

"没怎么，你开门，我下车。"

"别呀，要不，我现在送你回家。"

"不，让我下车。"

我下了车，坐在路边放声大哭起来。

# 没有你的失色世界

三子找了张椅子坐下，整理了一下机票、身份证和登机牌，离登机还有二十几分钟，她无聊地四下望望，后悔在路上没有买本杂志。

一个男子提着一只手提箱在她身旁的椅子上坐下来，拿出一本时下最流行的关于婚外情的纪实文学，津津有味地看起来。

三子闭上眼睛想着第二天的工作，又是一次长差，在一个全然陌生的城市，和一群全然陌生的人共渡二三个月的时光。

三子基本上已经习惯了这种工作，一年里有四分之三的时间在出差，每次都是一个全新的环境，而一等她基本上与每个人都熟悉到可以偶尔开个玩笑的时候，也就代表着项目差不多结束了，她也该走了。

她的大学同学们都羡慕她的工作，她只是苦笑。她不知道明天将面对的客户是什么样的性情，爽快的？挑剔的？蛮不讲理的？或者通情达理的？这将决定接下来的几个月，她的日子是会紧张但愉快，还是水深火热，她在心里暗暗祈祷不要再遇到像前一个客户那种对谁都一副苦大仇深般劲头的人。

旁边的男子轻轻敲了下她的椅子，她睁开眼，转头看他。

"我去抽支烟，帮我看一下东西好吗？"他又指了指扣在椅子上的书，"你愿意看就看，写得挺好的。"

三子淡淡地笑了下，点点头。她没兴趣看这种书，倒不是她伪道士，她也有过婚外情，只是她觉得这种事，这种感情是不足与外人道，那是一种伤痛，在内心极深处，每一念及就会滴血，只有让时间渐渐地淡忘它。所以在她看来，讲这些故事，写这些故事，看这些故事的人，多少是一种病态，或者是一种残忍。

阿远后来说，"你当时那一笑，神情仿佛那本书本就是你写的似的。"

阿远回来的时候，他的书扣在椅子上一动未动。他坐下来和三子搭讪，当知道三子没人接机，便提议两个人合乘一部的士。三子未置可否，她时常在各地出差，对男人的这份热心和热情所包含的更深一层的意思一清二楚。

阿远看上去平平凡凡，既没有英俊的相貌，也没有超凡的气质，还喜欢看那种无聊的书，三子在心里"哼"了一声，但脸上还保持着距离适度的微笑。三子的好处在于从不使别人难堪，这是她的客户们把她培训出来的好涵养，但她另有办法让人知难而退。

不过最后三子还是和阿远同乘一部的士。路上阿远还邀请三子一起宵夜，被三子婉言拒绝了。两个人互换名片，在三子预订的酒店楼下友好地分手。

阿远打了两次电话约三子一起晚餐，都遭回绝。第三次阿远来电话时，三子正为晚饭发愁，人地两生的她已经连续吃了一周的快餐、方便面，全身每个器官都在抗议，于是三子便接受了本地人阿远的邀请。

阿远很会点菜。吃得高兴，三子也开心起来，阿远看上去就可爱多了。两个人打开话匣子，天南地北地神侃起来，一顿饭吃得宾主尽欢。三子趁阿远中途去洗手间的功夫，悄悄地买了单，等阿远叫服务员结帐时发现已经无帐可结了，他惊讶地看着三子，三子笑了笑，"说，我还没付你机场回来的的士钱呢，而且上两次我都没空，所以这次当然我请客。"

三子对工作的不满情绪随着项目的进展不断加剧，倒不是又遇到了使她陷于水深火热的客户，而是她本人对这种飘泊的无规律的压力极大却没什么创新的工作的厌倦。她已经三十岁了，她的同学们都已经成家立业生儿育女了，而她的婚姻却已经被这份飘忽不定的工作闹

得名存实亡，而且没有孩子，所以没有寄托，所以她看不到未来等待
她的将是什么。在陌生的城市里，她像一叶浮萍，活得不实在。

阿远带着她到各个酒吧茶楼喝酒。酒吧里在买她十年前读大学时
常喝的一种葡萄酒。她重见那椭园型的瓶子时，有恍若隔世的感觉，
读书时代的种种记忆酸甜苦辣一起袭向她，使她发觉自己原来过的是
一种与少年时代梦想完全不同的日子。她品着酒，品着自己今天的爱情、
工作和生活，每一样的味道都与从前不同，现在的酒里加了冰块和上
学时买不起的柠檬；现在的她没有爱情，工作只是为了生存，于是她
的生活只是一团糟。

当然她和阿远说不到这些，她跟阿远就是不着边际地聊天，用阿
远的话叫"吹牛"，讲些开心的话题，即使谈到彼此失败的婚姻，也
都一副千锤百炼没心没肝的嘴脸，虽然心里又重温了一下绝抉时刻揪
心彻骨的痛。

两个人素昧平生，相识也等于不识，于是都满不在乎地暴露出自
己最见不得人的那一面。陷在酒吧的椅子里面，三子不是聪明干炼奋
勇争先的女强人，而是一个虚荣懒散一心希望休了老公再嫁个金龟婿
享清福的小女人，阿远也不是拥有百十号属员的装修公司老板，而是
个爱女人及时行乐的正常男人。

阿远毫不隐晦地承认那天在机场是存心坐在三子身边的。

"我在机场逛来逛去都没办登机手续，直到看你进来，觉得这个
女孩挺与众不同的，就赶紧排在你后面，只是你不知道。"

三子对他的这种夸赞心里很受用，说，"那你是想'泡'我了。"

"当时是想，所以一遍一遍约你。第三次打电话时，我和自己约定，
如果这次再被你拒绝，就再也不打了。"阿远说，"结果你倒出来了。
这么聊啊聊啊，现在觉得和你吹牛更好，特别舒服，所以，现在就不
那么想了。"

　　周末两个人决定不吃饭店了，一起去买了些肉菜到阿远家。阿远刚刚离婚，一个人住。两个人一起下厨，阿远主厨，三子当小工，倒是意外地默契，很快就整治了一桌好菜。阿远笑着说，"我以为你不会做饭呢。"三子说，"我也是。"

　　三子暗暗打量了一下阿远的家，是个小小的一室一厅。除了简单的床、衣柜、沙发和一套餐桌椅，再没有什么别的家具。床头和沙发上扔了几本八卦杂志，除此再无杂物。此时房间里只有炒菜的香气，没有一般单身男子住处的异味。

　　这顿饭，三子吃得特别多，吃完了，看着阿远利索地收拾桌子刷碗，满口的不好意思，却懒得一动不动。

　　阿远没在乎三子的不把自己当客人，收拾完，他又取出两瓶葡萄酒，两个人你一杯我一杯烟一口酒一口地又聊了几个小时，看看已近午夜，酒也空了，三子才告辞。

　　阿远用他的摩托送三子回去。夜里，风凉起来，三子在摩托的后座不停地打着哆嗦。阿远说，"你就把手放在我的口袋里吧，不会烫到你的。"

　　三子搂着阿远的腰，把脸贴在他的脊背上。他们这样穿过霓虹闪耀的街市，穿过夜的寒冷。阿远没有直接送三子回住处，而是把车一直开出了市区，直奔青山山顶。那里有一个小小的寺院，虽是夜里，仍然有上香的人。三子从来不拜佛，阿远自己带了一柱香进了大雄宝殿。过了一会儿，出来，载上三子下山。

　　三子问阿远许了什么愿，阿远说，"让菩萨保佑你留下来。"

　　三子说，"开什么玩笑！"

　　阿远笑了，"开玩笑也不行？！"

　　在三子住的酒店楼下，阿远问三子自己可不可以和她一起上楼。三子说，"下次吧。"阿远便骑着摩托走了。

　　三子一个人上楼，回到自己的房间，躺在床上想自己为什么拒绝阿远。

　　和阿远第二次一起吃饭时，阿远讲了自己的经历，完全出乎三子的意想。阿远初中毕业就对读书失去了最后的兴趣，开始在社会上混，当过马仔，开过赌局，设过骗局，总之什么来钱做什么，只是少有正经的路子。结果，混到了五年的牢狱之灾。出来以后，决定洗心革面，重新做人。他人手巧嘴巧脑子活，加上赶上了好时候，居然就给他成了事，把个装修公司红红火火地做了起来。

　　三子万没想到干干净净举止得体的阿远竟有如何骇人的经历。她当时第一个想法就是与阿远断绝往来，可好奇心又使她改变了主意。

　　阿远虽然连高中也没有读过，但并没有三子以为的那么无知，他人极聪明，反应很快，虽然有时三子无心中说了他不懂的典故，使他茫茫然，但只要三子稍一解释，他便了然于胸，而且不久就会准确地用回到三子身上。所以三子倒没感到和他交流有什么特别的障碍。

　　有时，阿远和三子讲起从前年少时的荒唐行径，讲五年监牢生活，阿远是以一种经过后的醒悟和乐观的口吻讲述那些堕落和残酷，三子却会莫名其妙地心痛，像是回忆自己的经历一样的痛。阿远已经彻底地远离了从前的那种生活，并且明显地，那段经历使他认识做为一个自由人的可贵。他说在牢里常常一周才洗一次澡，人都快臭了。所以现在他每天都洗两个澡，每天都换干净衣服，他要清清爽爽地做人。他从那段经历中悟出的人生的一些道理，是三子从来没有想到过的，他从另外一个角度看待生命的尊贵，生存的意义。

　　所以三子不敢认为自己比阿远更高贵，更高尚。阿远比她活得实在而且认真。

　　但在阿远的心里，三子多少有点儿高不可攀，这倒不是因为三子比他多读了几年书，身世清白，阿远觉得三子身上有一种东西，使他不敢造次，甚至她的笑落在他的眼里，也多了一点儿威严。阿远从来没有对人尤其是对女人产生过惧怕的心里，但三子让他怕，却又说不清是怕什么，他想，那是爱。

坐在阿远的摩托车后座，三子逛遍了城里的大街小巷，在漂亮的酒吧茶楼喝酒，在路边的排档喝酒。大部分时候，只是阿远自己喝，三子就喝着茶。还是那么无边无际地"吹牛"，三子仍是北方的习惯，熬不了夜，夜色阑珊时，阿远便送三子回住处，自己或者回家，或者回到原来的地方继续喝酒。

阿远突然失去了在女孩面前一惯的勇气和满不在乎，既使在他自己的家里也不敢强行将三子抱到床上。三子有时加班，他就在家做好饭，邀她下了班来他家里吃饭，想这次一定要……，结果，两个人还只是吃饭喝酒聊天，然后他送她回去。

阿远与从前交往的女孩子都断绝了往来，他对三子说，"现在走在街上也看不见漂亮的女仔。"

"为什么呢？"

"因为都不及你。"

三子笑了，问，"是不是有好多女孩子哭着喊着要跟你结婚？"

"倒是有几个。"

"没有就怪，这么会讨女人欢心的人。"三子喝着阿远煲的汤说。

"我只讨我喜欢的女人的欢心。"阿远说。

"你喜欢我？想娶我吗？"

"想啊！可是我知道自己不行，配不上你，所以，就只是想想，好好珍惜和你在一起的这段日子。"

"那你想不想和我做爱呢？"

"当然想啊！想得不行！可是，你要是不同意，我就不会强迫你。"

三子偶尔担心阿远会表现出粗鲁野蛮不通情理的一面，而且下意识地觉得那才应该是他的本来面目，谁知阿远一直都是细致体贴，理智清醒的，而且他的坦率也让三子叹服。

三子终于决定辞职了，她写了份辞职报告，EMAIL 给老板，在承诺做完手中的项目后，老板无可奈何地批准了她的报告。最后一个月，三子做得特别辛苦，没日没夜地加班，想赶快卸下这副担子。

好多天，三子都没有见阿远，她说自己很忙，在加班。

阿远问她，"你这么着急走吗？你真的不想我吗？"

三子笑而不答。

三子是在跟自己拚命，她发现自己越来越喜欢阿远，喜欢他总是清清爽爽的体味，喜欢他细致入微的关爱，喜欢他夸大其辞的赞赏，更喜欢他从从容容的生活方式，她曾对阿远说，你一定会是个好老公。

可毕竟三子不是十七八岁初涉爱河的少女，对爱情，她已不敢奢望，对婚姻，则心怀余悸。她知道与阿远不可能谈情说爱，更不可能共渡余生，那么，早早结束吧。

那天三子黑着眼圈来到阿远家，告诉他她已经订好了第二天下午的航班回北京，说完躺在阿远的床上，一下子就睡着了。醒来时已是午夜，阿远坐在沙发上，喝着酒看电视。看到三子醒来，阿远起身去厨房。三子默默地躺着，听厨房里阿远哼着歌炒菜。

摆好饭菜，两个人对坐了，阿远夹了只三子爱吃的酿尖椒，放在三子的碗里，说，"再没人给你做这么好吃的菜啦。"

一刹间，三子的嗓子眼被什么东西堵得死死的，吃不下去。

阿远点着一支烟，三子也点了一支。

阿远说，"回去和老公和解吧，好好地过日子。工作不也挺好的，别辞啦。不要总是不满足，多少人羡慕你呢。"

三子不答话，眼泪静悄悄地滴在衣襟上。阿远不再说话，紧紧地抱住三子，生离死别一样。

　　阿远说，"我虽然没有太多的钱，没有你那么多的学问，可是我能让你过得舒舒服服的，我能让你父母也高高兴兴，我对菩萨许了愿，只要你肯嫁我。"

　　三子回到北京，离了婚，换了新工作，每天夜里反反复复地想阿远。电话里，阿远说他现在的世界是黑白的，没有色彩。

　　三子惊觉自己的世界不知何时也变成了黑白的。

# 一江浊水向东流

尘下班走出公司的大门，吃惊地发现自己那辆中午刚洗得灿然若新神采奕奕的爱车，此刻却像一只受尽委屈的小病猫，可怜巴巴地趴在停车场上——左前"爪"整个地瘪了。

这简直是老天存心戏弄他，今晚的约会已经筹划并神往了好长时间了，终于盼到了好日子，偏又遇上这种百年不遇的麻烦。他想换一下轮胎，一看表，离约定的时间只有半个小时了，只好用哀其不幸怒其不争的眼神狠狠地盯着爱车看了几秒钟，然后快步走到马路上拦了部的士。

当他到达约会地点时，三子还没到。他在那家日本料理的门前来回踱着步，有些惴惴不安，不知接下来的会是老天继续的戏弄还是巴掌过后的一颗甜枣。

尘上交友网站完全是出于好玩，当然也不排除想让生活有点儿意外的波澜（比如说艳遇……）的念头。三个多月以前，他收到三子的Email，信写得很简单，又很特别，说愿意聊各种话题，只不谈爱情。尘猜如果此人没有在爱情上受过刺激，那么很可能是种欲擒故纵的手段。

不过，他们最初的书来信往中的确没有提及爱情。两个人都在外企工作，而且都自我感觉非常的良好，他们于是讨论过国内精英级人才（如他们自己）大部分都在为国外资本家卖命对中国来说究竟是资源的浪费还是能量的储备，后来又讨论了支持国货而抵制洋货究竟对发展民族工业是利是弊，还讨论过精神文明与物质文明的关系等等等等。他们的话题严肃认真，但方式轻松活泼，不乏幽默。三子显而易见是个开朗乐观的人，信写得朝气蓬勃，洋洋洒洒。

但不知怎么他们谈到了家庭，然后不可避免地谈到了婚姻，然后每况愈下，爱情、恋情、婚外情，一发而不可收拾。

尘说，他与太太之间也出现了信任危机，起因是他在家里接了一个女子打来的电话，他太太说他神情不对，于是他不得不挨个向太太交待手机上每一条通话记录的来龙去脉，闹了一身大汗。

三子说："如果你是清白的，相信党和人民一定会给你个说法的。"

尘老实地说："我不清白。"

用"漂亮"这个词来形容清清并不很合适，清清不是那种让人一眼看去有惊艳的感觉的女子。但，她美丽，她的美丽从平日里不经意间一点一滴流露出来，比如她的声音总是轻柔又清晰；比如她的笑那么含蓄，一点儿不夸张，又不故意掩饰；比如她的步态轻盈，腰肢款款摇摆，却不让人觉得做作和矫情；比如她的聪明永远恰到好处，既不让人觉得吃力，也不让人觉得卖弄……，她的这些美丽慢慢的沉淀、聚集，天长日久就汇成一股不可抵抗的充满女性质感魅力的力量。

当这股力量在某一天突然袭向尘时，他失魂落魄，很长一段时间无法对她恢复平和的心态。他贪婪地将她占为己有，情不自禁地沉迷，不顾一切地狂热。清清带给他的是，他从未享受甚至从不知道这世上还存在的快乐、幸福和满足。

尘开始糊涂了，有一段时间他几乎认为清清才是他生命里的女人，是他真正需要一直寻找的那个女人，清清对他依顺、崇拜，他的每一点关心和爱怜都会引起强烈的回应，使他觉得自己肯定是爱上她了。

如果不是女儿的出世，尘不知道自己会不会真的沉入清清的柔媚中无法自拨。女儿救了她的父母和她的岌岌可危的家庭，尽管她是那么弱小无知，甚至没有任何独立生存的能力，可对尘来说，她却有着谁都不能比拟的力量。她的第一声嘹亮的泣哭，比任何人苦口婆心广证博引有理有据的说教都有效地唤醒了她已经不很清醒不很理智的父亲的意识，使他一下了认清了自己的身份和责任。尘抱着可爱的小家伙儿，一股热流从心里涌到眼眶——我做父亲了！

清清准备结婚了，她的柔媚从此与尘再没有一点儿关系，因为终于尘没有选择她，他们之间，只剩下不尴不尬的一种感情，你可以叫它友情，也可以不叫。

尘在向三子坦白自己不清白的时候，想着清清，心里有些怅然。他情不自禁地问三子："有能力的男人可不可以多娶几个老婆，只要对她们都很好而且她们愿意？"

他等着三子狂风暴雨的批判，谁知三子的回复却平静得波澜不惊："我没意见，问题是你太太有意见。"

接着三子又补充道："我在大学时有一套婚姻理论深得同学们欢心，叫做提倡一夫一妻，允许一人两偶，反对一人三偶，杜绝一人四偶，你是不是也认为这样的婚姻理论比较合心意呢？"

尘遇上知音了。

原本尘对自己和太太的生活还是比较满意的，包括日常生活，也包括性生活。

素心是他的大学同学，初见时，他就发觉她的与众不同，但却说不出不同在哪儿。尘热情地投入他的大学生活，大学自由的空气使他如鱼得水，发挥出全身的能量，在所有能插上一脚的领域里露头儿露脸儿，他身边的朋友不断增加，可不知为什么，他心里总有一种奇怪的孤独感，仿佛在人流汹涌的闹市与父母走失的孩子。这时，他才发觉素心的不同原来是她的安静与安详，使他从与己无关却又无法摆脱的热闹中解脱出来，使他的心感到踏实找到依靠。

为此尘向素心发起了攻势，他的攻势并不十分凌厉，却也难以抵抗。

　　素心在决定做尘的女朋友时颇有点儿百般无奈英雄末路的劲儿，因为实在在身边左右挑不出比他更合适的人选了，所以她只好放弃对十全十美的追求，降格为九全八美或八全九美之类。

　　尘当时完全没顾得上素心的委屈，他被自己征服了男生眼里心中的至高点这一战绩弄得飘飘然，当素心依在他身边走在校园里时，看到相识人眼中的嫉妒不相识人眼中的羡慕，他完全陶醉了。因为陶醉，他便对素心投入了十二分的爱怜，鬼使神差地使一直二意三思左摇右摆拿不定主意的素心，最终放弃了另寻佳偶的想法。

　　在那个幸福得疲惫的夜晚，亲友散尽，尘得到素心的初夜同时也献出了自己的初夜。

　　尘对那一夜的记忆总是有点儿恍惚，因为太渴望太紧张太激动太害怕太慌乱而出现了意识的断点。他记不得素心的样子，好像当时她的表情是一种特别特别痛苦的表情，他拿不准；他也记不清自己当时的感觉，可以肯定的是那不是他想象中的快乐和享受，因为快乐和享受是在数次之后才渐渐强烈起来的感觉。

　　天长日久地，性从最初的好奇兴奋慢慢变成了一种义务和本能，但尘也没觉得有什么不对劲，好像生活就是该这样的，比如他渐渐地熟视素心当初吸引他的所有优点，甚至开始熟视她的缺点。素心也对他的优点和缺点熟视无睹，除了一点儿小吵小闹，他们之间没有任何不可控制的问题。他们的性生活像事先编好的一段程序，不定时地按顺序执行一遍，不会有出乎意料的结果也绝不会出现差错。

　　所以，尘可以把大部分精力放心大胆地放在工作上，不必担心后院起火之类的事。虽然他自己偶尔也会随大流地干点儿出轨的事，可真正的危险来自清清。

　　清清让他发现自己原来已经成了极有吸引力的那类男性——高大英俊、年轻有为、前途无量。他从清清深深的钟情的眼神里看到了自己的独特魅力，那种眼神他从未在素心的眼睛里看到过。也许正是清清对他的态度激起了他前所未有的豪情，当他与清清运行那段程序的时候，结果出乎他的想象。

他清清楚楚地记得自己和清清的第一次，那是终生难忘的记忆，他从不知道女人可以体现为那样的一种表现形式，男人原来可以如此享受如此沉迷，他也从不知道自己原来可以如此勇猛如此疯狂。

当不得不决定放弃清清的时候，尘有一段时期的消沉。大概是在那个时候，他产生了拥有几个女人的想法。为什么不可以呢？他问自己，女人们爱他，他也需要不同的女人，像素心那样的安分单纯，像清清那样的多情柔媚。

这些想法都只是尘的白日梦，只能在发昏时想想而已，尘第一次将它说出来，谁知三子竟完全没有大惊小怪，尘喜出望外，一下子把自己心里所有想过没说过的念头都倒给了三子。

三子没有对他横加指责，也没有完全地纵容他发展他的奇思怪想，三子自己也正在性和情的迷惘里，一边堕落一边反省，一边放纵一边理智地自我剖析。尽管是在网络的虚空里，三子也没有把自己粉饰成一个纯情的女人，她的真实和勇气让他敬佩，甚至让他怀疑是否真的真实，她理智的反省使他也不自觉地开始反省和沉思。

社会是人生活的空间，当社会的理念开始动荡混乱的时候，生活在其中的每一个人都难逃清静。几年来，物欲和性欲的气焰前所未有的嚣张，有一种流行叫"隐私"，这个原本很中性很私秘的词一下子变得与"淫秽"同义，并被人们争相传阅，咒骂的同时，心向往之。

在这样的空气里，每个人都有理由把自己的堕落和放纵归结于世风日下。

二十五岁的尘风华正茂，在一惯坚守论资排辈传统的日资公司里不断地破格提升，几乎成为公司的奇迹。白天他勤勤恳恳地工作，晚上和素心平平静静地过日子，周末没事儿的时候就约上大学同学一起打球或打麻将，生活张弛有度，有条不紊，充实安稳。

堕落之前没有任何先兆。和往常一样，他提个旅行包出差，然后和当地的同事朋友一起吃晚饭，一个朋友找来几个女孩子陪座时，他还无知无觉地沉迷在美酒佳肴里，以为跟自己没什么关系。当大家都各选所好之后，他才发现自己也有份儿。尘就这样不明不白地被世风强奸了。

事后，他给素心买了许多东西，心里才稍稍地平静些。

一旦开头，以后的事似乎就顺理成章了，尘发现原来放纵的机会这样的多，举手之劳而已，没有什么不合适的，身边的人都如此，且以此为荣，他不能免俗不想免俗。

虚荣满足的代价是，从此，他的生活失去了以往的平衡，素心不再能给他心理的依靠，他又像上学时一样，感觉热闹的孤独。他在这种无以言表的孤独中独自挣扎，却像束在茧中的蛾，无法张开飞翔的翅膀，甚至无法呼吸自由的空气。

从被男人们的钞票和女人们的巧笑装饰得金壁辉煌的房子里走出来，穿过灯火阑珊的长安街，刚刚的快乐与豪情被清凉的夜风一吹，烟一样地散了，不留一点儿痕迹。尘情不自禁地打了个冷战，他看到一个完全陌生的自己，正以一种曾经是自己最不屑的方式炫耀着曾经是自己最鄙异的经历。

尘想回到从前，想从堕落中脱身出来。

老天安排他在这个时候遇到了清清。

尘对三子说，虽然他后悔最初的堕落，但一点儿也不后悔与清清的陷入。清清给了他几近完美的一段经历，他因此可以终生无悔。

而作为女人，三子了解清清这种女子的魅力，同时也了解清清注定不幸的命运。美丽的清清为她心爱的男子付出一切之后，唯一的出路就是悄然退场，在唯美的影片中，是那最凄美最煽情的一幕：美丽的女主人公孤独的身影在无限漫长落叶纷纷的小径上渐行渐远，风吹起她颈上的长巾，使她看起来就像无依无靠伤心欲绝的孤雁，字幕在此刻慢慢升起，直到最后两个大字停在屏幕的中央：The End。

三子因此倍感神伤。爱永远只有美丽的开始而没有美丽的结束，她为此不敢谈"爱"。

素心可以怪尘的背叛吗？清清可以怪尘的薄情寡义吗？尘可以怪社会风气的混乱吗？三子可以怪真爱难寻吗？不，不可以，可以怪的只是他们自己，怪素心忽视了爱人，怪清清纵容了自己的感情，怪尘自甘同流合污，怪三子不肯为爱担负起责任。

向三子坦述过往经历时，尘不得不重新检视自己近半的人生，看自己的来处，想自己的去处。他想知道使自己终于能认真自我面对的那个女子，究竟是什么样的一个人。他想象她的样子，却无从想起，只知道她真实、坦率、理性，只知道她使自己在不知不觉间解除了全部的戒备，如初生的婴儿一样坦露在她的面前，而他也因此获得了新生一样的轻松。

尘问三子，"你漂亮吗？"

三子老老实实地回答，"不漂亮，当然，也算不上丑。"

他想，那该是什么样子呢？尘不得要领，想象出现了空白。尘意识到虚荣的可怕，就算在网上他为三子的才华气质深深着迷，可是，他还是无论如何也不能接受一个丑女做现实生活中的朋友。可是虚荣是从哪儿来的呢？还不是从生活一点一滴的耳濡目染而来。所以，世俗是如此的可怕，谁能真的免俗呢。

尘没办法脱离他的世俗，那是他生活的网，一张细细的从小到长，如空气一样弥漫在他周围的网，它千头万绪，纠连着他的家庭、他的亲友，缠裹着他的思想、他的观念，约束着他的行为、他的梦想，使他痛苦也给他快乐，带来麻烦也不乏轻松。他亲手织就了它，直到让它完全控制自己的一切。

经历了清清，尘更加渴望经典的爱情，让他如扑火的飞蛾，不顾一切地去爱、去追求。虽然世俗的网使他最终不得已而失去清清，可他还是盼望着幻想着有朝一日得遇伊人，他会剪去所有的束缚，为她燃尽成灰。

一辆出租车在他面前停下来，三子笑盈盈地站在了尘的面前。尘打量了一下眼前的女子，长长的出了口气：总算没有太丑！

尘和三子愉快地吃完了饭走出来，尘问她是不是愿意陪他走回公司去修理一下那个可怜可恶的轮胎，三子高高兴兴地表示愿意去看看那辆原以为能配一下"美人"的香车，两个人说说笑笑地漫步在四环路上，那个夜晚清爽安宁，让人心平气和。

没有什么故事发生，真的。

# 只想见见你仅此而已

你问我：想和思念有什么区别？

我说：思念是与爱情有关的词汇。

我思念你吗？还没有，我只是想你。

有时，我会突然想，你在做什么呢？想起你的大宽边眼镜，它跟你的气质一点儿也不相符，但，它却让我喜欢。

我现在就又想起你了，我知道你正忙着，不可能如我想你一样想起我，但我却要设计我们的见面了。

网络真好，它让我知道你的存在。

同样也是网络，让我很方便地查到了到达你那个城市的航班。今天是 2004 年 1 月 14 日，而我选的良辰是 2004 年 1 月 31 日，春节后的第一个星期六，带着节后的疏懒和脑满肠肥，我要去见你了。

我查询到最早的航班是在 8:40 起飞，11:40 到达，而最晚的返程航班是 20:10 起飞，23:00 到达。也就是说，我在空中飞越数千公里耗费六个小时只为了能和你共渡不到八小时的时光，如果再加上我从家里到机场及机场等候的时间，为了和你见面，我付出的时间就远远大于我们相对的时间了。

如果我是思念你的，那么，这样的付出肯定是值得的，但如果我只是想你，我怀疑自己会不会真的去实施这样的方案。

但不管怎么说，冒着零下的严寒披着朦胧的朝雾，我出发了。我知道你的城市还很温暖，这令我的心里也很温暖。我想，此时此刻你仍在酣睡之中吧，你并不知道，我马上就要飞越时空与你相见。

在万米高空之上，我补了一小觉，然后就开始望着舷窗外茫茫的云海发呆。

我知道网恋这个词大概至少有六年的时间了，但我一直当它是个玩笑。我是太了解文字的欺骗性了，我曾经爱上罗切斯特，在十一岁的时候。不过，很快我就知道，那不过是夏绿蒂·勃朗特在失恋之后的意淫产物。这让我无比伤心和绝望，我想，如果世上确有其人，就算我得不到他，起码我可以追求他景仰他珍爱他，可如果他不过是另一个女人脑子里的幻象，我又如何去追求？

不过，我却爱上了文字的欺骗性：自欺和欺人。在文字里，人的想象力可以任意发挥，所以，电影永远不可能拍得比原著好看。

我读书的时候交了笔友，我的一个笔友爱上了我，虽然他并没有表白，但我从他的文字里看到了他的欲盖弥彰。我没有点破他，因为我并没有爱上他。我唯一能爱上的，只是等信、看信和写信的这一过程所包含的一点点近乎于爱情的微妙感觉。

我相信自己不可能网恋，我在网络上浸淫了这么多年，回首时，居然发现没有男性的网友，这简直是不可能的事。

可这是事实。

我需要的是一条真实的臂膀，所以我不可能网恋，就像这眼前的云海，那么美丽，可我爱不上它，因为它的美那么飘渺，一点儿也不实在。

于是我了解了自己想要见到你的缘由。

我走出机场，你生活的这座城市我一点儿也不了解，我只是在电视里经常地看到它的身影，听到它的故事，我知道这里生活着千千万万从五湖四海闯荡而来的向往自由生活的年轻人。而你，也是他们中的一员。

我拨通了你的电话，我没办法，如果我知道你在什么地方住着，我大概会直接打车到你的楼下，然后敲你的门，看你满脸的错愕，惊喜或惊慌。如果我能碰巧看到你身后女孩子的身影，我会更高兴，因为有了调侃你的话题。

你接了电话，问我在干什么。

我说：我在机场，我想见到你。

你大吃一惊，我很遗憾自己看不到你脸上的表情。我们于是约了一个醒目的地点，半个小时以后，我下了出租车。

我看到你了，你站在街边，紧张地盯着过往的出租，可我是在离约定的地点一百米远的地方让司机停车的，这样，我就可以远远地张望着你，欣赏你的焦急。

你不停地看表，慢慢地露出了不耐烦。是啊，我知道你也并不思念我，让你在经过疲惫的春节合家"欢"聚之后来忍受我这不速之客的确有一些强人所难。我的手机响了，我知道那是你，因为我看到你拿出手机拨了号码。

我故意地快跑了几步，接通电话时，你能听到我气喘吁吁的声音。

我对着电话叫着：别打了，别打了，你回头就看到我了。

你果然就回过头来。我确认你看到我之后，站住了，哈着腰手挂在膝盖上喘气，扭着头冲你乐。

我们之间有二十几米远，中间是来来往往的人。

你也笑了，把手机随便地揣在口袋里。

我站起身，伸来双臂。我觉得我应该做出这样的姿态，给你一个亲热的机会。虽然在网上我们的调侃已远远超越了搂来抱去嘴来嘴往，但现实中我们毕竟还都清白。

你走过来紧紧地抱住我。你的身上散发着清爽的香皂味儿，我深深地吸了一口问：你见我还用沐浴更衣啊？怪隆重的。

顺势，我的唇从你的腮边滑过，感觉到胡子剃光后皮肤的粗糙。

你说：你占我的便宜，我也得占你一下。

我伸着脸给你：你占你占。

你于是就占了。

你说：多呆一天吧，怎么着也得过个夜再走啊。

我说：就是不想过夜，过了夜，什么想头都没有了。

你说：你也真狠啊，只给我这么几个小时的时间，而且，提前还没有一点儿的准备。

你回手指了指后面的酒店：房间我已经订好了，说说你的想法吧。

许多年前，我读大三，寒假的时候，我去见暗恋我的那个笔友，当然不是为了爱情，而是为了游苏州。他在苏州，也读大三。

我到的时候，他还没有放假，有最后两门功课要期考，就没有太多的时候陪我。

火车到达苏州的时候是凌晨。我捏着他的照片站在出站口，踮着脚尖找他，直到人都走空了，回头才发现他扒在出站口的栅栏上还在焦急紧张地往站台里张望。

我坐在他自行车后座上，穿过窄窄的曲曲折折的黑黝黝的街道，天很冷，南方的阴阴的潮冷，我手里还有一个大大的旅行包要提着，在后座坐得很紧张，担心他一拐弯把我颠掉。他骑了很久，一路上都是低矮拥挤的阁楼，甚至还有一段石头路，硌登登登地颠得我上下牙打战，好像被冻到了一样。

然后，他指给我看不远处的一段不起眼的墙，还有一段不起眼的拱桥，告诉我墙里面就是寒山寺了。

我大吃一惊，古诗的意境与眼见的事实让我再次被文字的欺骗性所震动。我忙安慰自己，毕竟那首诗是千年前的作品，那时的姑苏城外沦为今日的姑苏城内也是正常的事。

接下来的几天，他帮我借了一辆自行车，我骑着它走遍了苏州的大小园林，想着中学语文课本里那篇《苏州园林》，看着眼前的亭台楼阁，我哭笑不得。

我坐在肮脏的运河边，闻着刺鼻的臭味，几乎要哭出来，恨不能把自己千百遍吟诵并陶醉过的那些诗呀词呀都忘得干干净净。

他说：看苏州需要懂很多东西，历史呀民风呀诗词歌赋呀篆刻呀建筑呀等等。但我宁可自己什么都不懂，完完全全地不懂，免得如此伤情。

他坚持在百忙中带着我游了留园，无限深情地为我讲解留园中部的清池峰峦东部的厅堂庭院西北的山林野趣，而我对那些造作的精致毫无兴趣，对他的一往情深毫无兴趣。

我看到他脸上一粒一粒的青春痘，豆芽菜似的身体仍然处于发育期一样单薄，他操着一口温婉的吴侬软语，让我怀疑他给我的一尺多厚铿锵有力的书信都是别人代笔。如果我果然爱上文字里的他，我想今番我必要不顾运河的肮脏，举身赴"浊流"了。

幸好我没有爱上他，甚至也没有爱上他的文字。

我骑着车在苏州城游荡了五天，然后在他依依不舍的目光里跳上火车。

我相信自己永远都不会上文字的当了，我知道歌颂爱情的人可能正好是色狼，赞美民主的人可能是专制者。我相信所有美好的文字，不过是给读者一个做美梦的壳儿。

你欣赏地看着我，我的模样还能经受得住你上一眼下一眼的打量，我于是也回你上一眼下一眼。我们这样彼此打量着，直到都笑了。

我回头看着你指的酒店，它高耸入云，你笑着说：我订的房间在三十二层，这样，你就可以在窗前俯看整个城市，旅游做爱两不误。

我也笑了，说：你还真会安排。

我们居然都没有因为你说了"做爱"两个字而脸红或扭捏。

我想这两个字真是很入骨，如果是一对相爱的人，他们的欢爱自然是做爱了，可我们之间没有爱啊，那么，这种欢爱真的就只是"做"出相爱的模样了。

但若我们之间真的一点儿爱也没有，我又怎么可能不远万里地跑来看你呢？

你告诉我，不，你告诉所有的网友：虽然我已经知道女人的真正打动男人的内涵是什么，但无论什么样的女子，最初一年能让我迷恋的仍然是她的肉体。

好像就是这句话，让我对着屏幕笑了。你从网上那些叽叽歪歪的男人中脱颖而出，站到了我的面前。

肉体，它完全不同于文字的虚伪，它永远都是温暖的，柔韧的，真实的，丑也罢美也罢，它无从做假，无从掩示。有时，我近乎迷恋肉体带来的快乐，它超越了精神，虽然我知道这样是堕落的。

但这一次，我犹豫了。

我看着你，说：我们租两辆自行车，你陪着我逛新城吧。

你有些意外地看着我，很久，似乎等着我改主意，但我微笑着很坚决的样子，于是你露出意料之中的嘲笑：好吧，都依你。

我们于是骑着车开始满街乱转，我在路口任意地拐弯，没有一点儿的目标。

大街小巷仍留有你那个城市里浓浓的节日气氛：大街满是繁花簇锦，而小巷空寂没有人声。

我骑得很快，一路遥遥领先。你则一直跟着我，除非我问你这是什么地方，否则便一言不发。但你的脸上有笑容，并不是快乐的笑，是宽容的笑。

最后我骑不动了，停在一家餐馆前，我说：你请我吃饭吧，我一天都没吃饭了，吃完饭，我就该去机场了。

我们一起进了餐馆，随便点了点儿吃的，我真的饿了，狼吞虎咽的，完全没有吃相。

你说：你今天高兴吗？

我说：还行吧。

你说：你其实是个很真实的人，那为什么今天又虚伪起来了？

我说：我虚伪吗？

我盯着你，你眼里的答应是肯定的。于是我说：噢，是啊，我今天的确很虚伪。

你说：如果你就这样回去了，你一定会后悔的。

我点头说：是啊。

我看着你捏着筷子的手，很灵巧的夹起一粒花生扔进嘴里，认真地嚼着，很香的样子。就像你一向在网上所表现的，很小的事，也做得从容、坦然、恣意和享受。

我说：要不，我们重来一遍吧。

你说：行啊。你来看我，我已经很感激了，无论故事怎么样，都是顺你的。

我说：其实重来一遍，我也还是要后悔的，但，我们还是试试吧。

于是，我们又回到初见面的时间和地点，我回头看一眼你指的酒店，挽起你的胳膊，一起走进去。

果然，从酒店房间的大落地窗，我可以看到大半个城市，只是这个角度望去，你的城市与我的城市没有什么本质的区别。高低错落的钢筋水泥和纵横交错的南北通途，让人绝望：不可能有什么新鲜事可以发生在这样统一的背景里。

你从后面抱住我的腰，把脸贴在我的头发上，我也向后依偎着你，用背紧紧地贴着你的胸膛，用臀紧紧地贴着你的双腿之间，那个欲望啊，我能感到它在我们中间成长。

这一刻，我突然向往文字了。当我玩弄文字时，它总是可以带来一个又一个的高潮，而且每个高潮都不一样，千姿百态，极尽妄想，我可以直白，也可以隐晦。当然隐晦的文字往往更能激发想象中的高潮，比如"被翻红浪"，只有四个字，已经足够了。

酒店的那张床是白色的床单棕色的毛毯，所以，我们翻不起红浪。你靠在床头吸烟，用一只手搂着我，我偎在你的腋窝里。

你说，现在可以谈点儿别的了。

我笑着说：谈什么？文学？理想？

你说：随便你吧。

我说：那我饿了，你请我吃饭吧，吃完饭，我就该去机场了。

你说：你仍然后悔吗？

我说：是的。

但是，没关系，从我决定要来看你的那一刻，我就知道自己一定会后悔的，至于你，也必然会有遗憾，因为我们都知道，现实没有文字完美，关于这一点，我们都由衷地认可。

我登上返程航班，从茫茫黑夜飞往更黑的夜。

飞机穿透云层，我突然看到一轮皎洁的月，我笑了，因为你看不到它。

2004年1月17日

# 定结离流水线

男人是我的大学同学，是我们那届著名的靓仔。

十几年以后的今天，我明白了一个道理：对于一个平庸的人来说，对太漂亮太出色的东西应该采取只可远观不可近玩更不可占为己有的态度，才是安全的，所谓匹夫无罪，怀璧其罪。

不过，那时候我可不懂这个。当他提出要跟我交朋友时，我震惊得几乎昏过去，继而幸福得意得不知道自己姓什么叫什么。和他双出双入时别人的眼光让我突然发现自己的价值，为此，我勤勤恳恳地为他铺床叠被打饭洗衣服，把他伺候得像猪一样的舒服。

我也曾经清醒地问他为什么会看上我，他说男人都喜欢贤惠温柔的女人。我飘得更高了，伺候起他来也更加卖力气。

不过，不久我就发现他开始约会别的女孩。他还真是命苦，几乎每次他和别的女孩约会都会被我或我的室友撞见。所以，每次他都不得不当场否认与那女孩的关系。这一否认，那段还没开始的感情自然也就只好不了了之了。我本着既往不咎的宽大情怀在他的道歉声和强吻中一次次地原谅着他。不过，现在回头想，当时我不过是放不下自己的虚荣而已。

我们的关系居然这样维持到了毕业。不过，这一次，他遇到的是个不同异常的女人。

他被那女子迷得昏头昏脑，当然再也不肯否认与她的关系更不肯为此向我道歉。我大哭一场，终逃不过被他抛弃的结局。临分手，我对他说：我告诉你，那女人根本不可能爱你，更不可能跟你一辈子，不信咱们就走着瞧。

我的警告当然被他理解为气极败坏的诅咒。这个男人虽然看上去精明灵利，但实际上，他不过是个没长大的孩子，天真又自负，而且，陷于爱情的男人一般都愚蠢得令人发笑。

果然，那女子跟他玩了半年多以后，就嫁了一个老外连个招呼都没打飘然去了地球那一端过头朝下的幸福日子去了。我可怜的男人在人家的生活里不过是个小小玩偶，他最后也没搞清楚她是什么时候勾搭上的老外，到底是在和他交往之前还是交往之后。漂亮的男人如果没有钱没有权没有势就不过是个小白脸儿而已，这个打击实在太大了，男人在半个月间变得如鬼魅一样。

男人来找我。哭得像孩子。其实，他还真就是个孩子，漂亮的男孩子。

我就站在自己的房门外，掩着门，冷冷地看着他哭啊哭啊，然后打发他回家。

因为，我的屋子里还有一个男人，一个飞行驾驶员。他是我的中学同学，帅，体质好，成绩好，高二时被"选飞"录取，当了飞行员。我在同学聚会上重逢他，半推半就地跟他回了他的宿舍。我想我的心思太幼稚了，因为男人抛弃了我，所以，我一定要再找一个更帅更出色的男人来还击他。

无疑我成功了。

男人不知从哪里来的执着的精神，每天下了班就跑到我家来。他一进门，我便抬腿走掉，飞行员不当值的时候我就去他的宿舍，否则我就满街乱逛，直到估计男人已回家的时辰。我的父母兄妹对男人的搔扰不胜其烦。不过，男人却厚脸皮到无论面对什么样的冷嘲热讽都执着地赖在我的家里，我妈做饭他就帮着剥葱剥蒜；我爸看电视他就帮着倒水添茶；吃饭了，他也跟着上桌；吃完了他还帮着我妹妹收拾桌子洗碗，这些活，他长这么大估计也只在我家干过。日久天长，我父母也原谅了他的过失，对我说，杀人不过头点地，他都认错了，你看他怪可怜的，别难为他了。

我想他是抓住问题的主要矛盾了。他一举攻下了我的家人，把我孤立在家门之外。到了最后，倒好像我的家变成了他的家，我成了朝出晚归的寄宿者一样。

我问飞行员我们是不是可以结婚了，他有些期期艾艾。我知道他心里还舍不得机组那些如花似玉的空姐们，我不由得格外悲哀。

我二十四岁生日那天，男人顶着夏日的骄阳满头大汗地送来了一盒生日蛋糕，一束红玫瑰，最后又从怀里摸出一个心形的小首饰盒，里面的一个小小的戒指，两颗心扭扭歪歪地纠缠在一起的图案。

我们就这么订婚了。而且，为了落实这项工作，我们转天去了民政局办了大红的结婚证。

从订婚的那一刻起，我就想，也许还没来得及结婚，我们就要离婚了。

不过，事实上没那么不堪。

订婚之后，我仍然住在父母家，一方面是我和男人都没有房子，我不想刚结婚就跟他父母挤在一起，另一方面，我们这边的习俗也是将领证做为订婚的标志，而结婚是以酒席宴为标志的。否则在旁人的眼里仍然算非法同居。

我跟男人一起准备着结婚的东西。租房，装修，买电器，买家俱，拍婚纱照，筹办酒宴，组织车队，找著名司仪，订蜜月旅行的行程等等，我变得出人意料的奢侈和铺张。连我的父母都不解，为什么他们一向朴素的女儿这么坚持地要大操大办，原本他们以为我会简单地请亲友吃顿饭然后就与男人背个小包去旅行结婚的。

男人偶尔也露出微辞，我就一翻眼皮："怎么，你从奴隶到将军了？还没这么快吧。"

他于是不再敢作声，一脸情绪地去忙活了。

我无比风光地把自己嫁了出去，当我现在翻出自己当年的婚纱照和婚礼录像时，常常控制不住地傻笑起来。照片上、录像里那个美艳的女人居然会是我？！

她特意地选了几款超低胸的婚纱，还在胸衣里塞了两团棉花，把胸弄得像《阁楼》里的女人一样呼之欲出，妆化得特别的妖冶，在镜头前飞着眼儿下血本地卖弄风情，与她相比，她身边的男人倒显得木讷羞涩，好像被风尘女子迷惑了的小男生。看着她和男人伴着婚礼进行曲缓缓地从旋转台阶步下，男人脸上的笑是傻傻的凝固的，挽着她的那只手臂仿佛打了石膏一样悬在胸前，脚步好像顺了拐，木偶一样。而她一手轻挽男人，另一只手虚提着纱裙，头纱半遮着她的脸，却遮不住她顾盼的眼神。她想起那时她正在人群中搜索飞行员的身影，当看到那人正在最远处向自己张望时，她悄悄的向那个方向吸张了一下嘴唇，做出一个不易察觉的飞吻唇形。

我看到这个小动作中影像里是如此清晰露骨，奇怪的是看过这段录像的人居然谁都没有发觉。

唉，我真希望自己现在只不过是在讲一个故事，起码是发生在别人身上的故事，这样也会让我好过一些。

现在我突然想起来，我的订婚戒指是两颗扭扭歪歪纠缠在一起的心，我的结婚戒指上则有两颗小小的心型钻石，钻石切割出的棱角使那两颗心看上去四裂八半的。所以，从一开始，我就注定了与男人在一起时扭扭歪歪，最后分离成两颗伤痕累累的心。

我风光了那么一天，就又恢复到原来的样子。

人其实都很难改变自己，就像我和男人。虽然结婚前我想过再也不会像上学时那样伺候他，想过让他继续保持订婚前的低姿态和结婚前的危机感，可实际上，真的过起日子来，一切都恢复了老样子。

　　我怎么做也做不出风流样子，天生了就是个居家过日子女人相。下了班总是找不出去疯玩儿的借口，何况我的心脏也真是受不了迪厅、酒吧的喧嚣，我的胃口又适应不了餐馆的油腻。我习惯性地回家做饭收拾房间洗洗涮涮。

　　同样，男人也日益露出他贪玩懒惰的狐狸尾巴，开始时，他每次还要惴惴的向我请示可不可以下班后跟同事打一会儿扑克，玩晚了回家会蹑手蹑脚地进屋，讨好地挤进我的被窝说小话。后来，他便理直气壮了，好不容易哪天不出去玩就似乎给了我天大的恩惠，坐在电视前打着游戏机指责我晚饭做晚了饿坏了他。

　　我在给他洗衣服时在他的衣兜里翻出一张女孩子写的字条。他仍然是那么没头没脑，爱偷吃东西却总是擦不干净嘴。我把字条扔在写字台上，第二天一早字条已无影无踪，他安份勤快热情温存了一个多月，然后像严打风一过之后的犯罪分子一样，重新活跃起来。

　　我在公司负责采购订单，与我打交道的供货商里有一个美籍华人乔纳森，四十几岁的儒雅商人。他长期地在大陆工作，奔忙于他的大江南北的几个工厂和全国各地的无数客户之间。而他的老婆则死也不肯离开加州灿烂的阳光。

　　乔纳森第一次取得我们公司的订单之后请我的老板和我吃饭。饭后，他悄悄地在我手心里塞进一个小盒子，是一枚镶钻的胸针。我把它退回给他，我说本来是堂堂正正的公事往来，我也没特殊照顾你，别弄得反而像干了什么见不得人的勾当似的。

　　不过，虽然公事上我跟他清清白白，但不久，我们就真的干起了见不得人的勾当。他在酒店里有一间长期的包房，我拿到了房间的钥匙。在神不知鬼不觉之间，我们已到了难舍难分的地步。

　　然后，我有了自己的房产。乔纳森说，他不会与老婆离婚，因为那样他就损失好大一笔钱，甚至会因此破产，他说他打算干到五十岁就退休，然后带着我四海云游。为此，他有计划地运作着他的资产，我的存款因此与日俱增。

最初的负气如今变得骑虎难下。我也没料到最终把日子过得这么拧巴。

我宁可自己的男人安安分分我自己也安安分分地过一辈子，甚至我也曾想过，如果他能改过自新浪子回头我会格外地珍惜他，女人或许更看重稳固的家庭带来的心理的依靠，到底能甩开道德的约束放浪形骸的女人还是少数。

从男人的角度来看，这件事的后果就更可怕。无论什么样的男人，而且，往往越是花心越是在女人裙角穿梭得得心应手的男人越是不能接受妻子偷情的事实，他以为自己是女人的克星女人在他的面前都该臣服只有他抛弃女人没有女人背叛他的可能。

男人其实就是这样想的。他认定了我吃定了我，所以才敢自诩红旗不倒彩旗飘飘，这是他炫耀自己的根本，是他价值的最突出的体现。我明白自己幻想的浪子回头可能一辈子都不能实现，这个蠢男人离不了女人的诱惑也不可能不去诱惑女人。

出轨是一种惯性，就像骨折，如果从来没有骨折过，要很重的创击才会导致咔嚓一声。可一旦骨折了，没有好好地休养，那个地方就变得特别敏感脆弱，阴天下雨它会痛，不小心滑一跤就可能重新断掉。

我因乔纳森而越来越无法忍受男人。也许是自己也有些心虚，需要假模假式地发发脾气给自己壮胆，我对男人不但没有更温柔，反而开始变得粗暴起来。

婚后五年的一个星期天，洗衣服时我在男人的衬衫后背上发现了一个清晰完整的口红印。看着那个口红印，我的第一反应就是，这女人是成心要毁掉我那可怜的男人的，而男人对此肯定是毫不知觉。我把衬衫扔到正在打着游戏的男人怀里。因为影响了他，他冲我不耐烦地吼了一句，把衬衫甩在一边。

我轻轻地说："明天，我们去办离婚手续。"

男人像中了雷击似的，游戏控制板一下掉在地上。他这才看清衬衫上的印迹。

忏悔，求饶，发誓，痛哭，男人以为仍然可以用从前屡试不爽的招数化解眼前的困境。可是，回答他的是失败、失败、失败。

他也不可能明白离婚的诱因不是口红印，因为，这样的把柄他几乎是定期地自动往我手里塞。

传统女人的反抗引起了全体群众的同情和支持，男人的斑斑劣迹一下子全部晾晒在群众的口沫中，这时，男人才惊恐地发现自己已经彻彻底底地毁掉了自己的名声，醒悟到原来偷情时需要防备的不是老婆而是群众的眼睛。那些听他吹牛时总是一脸艳羡的男人和他们的老婆们把他死死地钉在耻辱柱上。

在与男人分居的半年中，我如宝钗所说的那样"珍重芳姿昼掩门"，传统女人身上一点儿污迹也没有。我微露憔悴地默默工作本份生活，赢得更加广泛的同情和尊重，最终在法庭上无可置疑地获得了最大限度的偏坦和照顾。

离开法庭，憔悴的男人说："我们吃顿饭吧，好歹夫妻这么多年，好聚好散。以后如果你有什么事需要我，我一定会帮忙的。"

我看着他，突然心里充满了怜悯。我相信终我一生都不可能有需要他帮助的时候，真正需要帮助的是年长色衰、事业无成、钱财两空的他，不知他是否醒悟了这一点。

可是我仍然淡淡地说："不了，我吃不惯餐馆你知道。"然后转身离开。

我一直想，我其实挺恶毒的，在男人最漂亮的时候，我占着他，他的风光是我的，我纵容着他使他毁了自己。然后，当他风采不再时，我又像抛弃一块旧抹布一样抛弃了他，掠走了他的钱财，还将他置于不仁不义遭人唾弃的境地。我将他高高捧起，又重重摔下，残酷地看着他挣扎着爬也爬不起来。

我安慰自己说这是他应受的惩罚，可我不知道什么时候上天的惩罚又会落在我的头上。

我对乔纳森说，我不能想象十年后，你像我抛弃我男人一样抛弃你的老婆，无论如何，她没什么错。我和乔纳森抱头痛哭，最后，我拿着乔纳森给的一笔钱离开了他。

也许我会再婚，那么一定要找一个平庸本份彼此相当的男人。不过，急什么呢，一个人过不是也挺好？

# 道是无情我也是

　　情人节是个周末。在这个满街都是鲜花和情侣笑脸的下午，三子一个人坐在黄花岗公园的一条长椅上。

　　两个小时前她刚刚在烈士墓前放了一束鲜花并肃立了几分钟，她并没有去读墓碑上的英雄史，对近代历史也概念糊涂，所以也不太记得清墓中的烈士们究竟做了什么惊天地泣鬼神的事迹，她想总之那是很久远以前的事了，生活在现代社会里的她不可能真正地了解那个年代的英雄们所经历的苦难、挣扎、奋争与牺牲，只是她觉得他们是可崇敬的一类人，因为他们心中有梦，而且勇于为这个梦想牺牲，三子对这一类人怀着由衷的敬慕。

　　此时，三子仰起头，头上是纵横交错的浓绿，绿色的缝隙间是湛蓝的天，四周静悄悄的，是那种让人忘我的似乎要融化了的静，三子觉得心地空灵。也许这才是她跑来这里的真正原因，这是这座城市里唯一可以远避繁华物欲，贴近粗朴自然的圣地了。

　　三子在椅子上不思不想单纯地坐着，前面是一大片翠绿的草坪，一只小鸟在一蹦一跳地觅食，时不时地停下来，左顾右盼，清脆地叫几声。这情景让三子恍若梦中。

　　手机突然响了，好像是存心证明此时此刻不是梦一样。

　　是祥的号码，三子在心里笑了，她就知道祥不会放过这个机会向她表示他是不同的一个。三子犹豫了一下，按下应答键。

　　"有没有打扰你的情人约会？"祥开口就问。

　　三子笑了，同样回他一个玩笑："当然没有，我在这儿不就只有你一个情人？！"

祥也笑，问她在哪儿，她告诉他，电话另一端立刻发出夸张的仿佛要昏倒的惊叹。

三子不喜欢这样，觉得是对烈士们的不恭，却也不去理会，反正天也晚了，她提起背包向园门口走，一边和祥有一搭没一搭地闲扯。

祥是三子来广州后结识的，原本只是生意上的往来，竟也谈得投机，又都是北方人，便更亲近一些。当然三子也清楚祥的想法，绝不仅仅是单纯的同乡情近，更有已婚男人寻求一点儿刺激的成分。

对于刚刚结束一段幼稚的婚姻的她而言，男人的这种念头对她也无大害，一方面使她不至于太空虚寂寞，另一方面毕竟当他们在追求她的青睐时，都极力表现出美好的一面，这一面看起来倒不失为赏心悦目。但三子不想与其中任何一个，无论已婚未婚谈情说爱，起码近期不想。

来到园门口，等了没几分钟，祥就到了。上了车，祥问："说吧，想去哪儿？"

"我觉得你还是应该回家陪夫人浪漫，毕竟是情人节呀。"三子说。

"就因为是情人节，所以才该陪你而不是陪老婆！"

"说着说着就下道儿！"三子说。

"算了，不开玩笑。我老婆出差了，我在家没事儿，反正你也是一个人，就权当是挂羊头卖狗肉滥竽充数凑热闹，咱就巧立个名目撮一顿成不？"

"那好吧。不过现在就吃饭是不是太积极了？再说和您这样风流倜傥的男士共进情人节晚餐，我怎么着也得打扮出个绝代风姿呀。"

祥大笑："好吧，那先回你住的酒店，给你个打扮出绝代风姿的机会。"

"要不，回酒店之后咱先去游一会儿泳，我中午饭还没消化完呢，哪儿装得下情人节大餐哪。哎，对了，今晚是你请客吧，这得弄清楚了，要我请就肯德基套餐了，我也不用更衣了，咱现在就去！"

祥笑着在三子脑门上弹了一下："就得意你这小气劲儿，恨不能全世界的人都被你算计了去。"

"唉，穷苦人家出来的孩子，会过着呢。"

自从三个月前结识了三子，祥就想得到这个女人。本来他以为不会太难，他知道她结婚有几年了，一个人在广州长驻，丈夫不在身边。当然更重要的是他对自己的魅力有绝对的信心。

可偏偏三个月过去了，虽然三子很少拒绝与他去酒吧、夜总会、游山玩水，但实际上，除了开玩笑时曾勾勾三子的肩膀，他未有过任何实质性的进展，每次他刚有一点儿非份的念头，就被三子打个岔混过去了。

这次说什么也不能再让她混过去了，祥想，他精心策划情人节的全部节目，种种安排就是为了这个女人。

眼下，这个女人就坐在他的对面，脸因为酒的原故变得格外红润，一双眼睛却仍然明亮清澈，正盯着他看，嘴角慢慢地漾开笑意。

"笑什么？有什么可笑的吗？"祥问。

三子不回答，她只是觉得好笑，因为她知道祥今晚落足功夫，不过是为了诱她上床，他在等，等她喝醉，等她流露出春闺寂寞。

而她真的很寂寞，那段幼稚的婚姻磨尽了她所有的痴情梦想，当她终于决心了断时，却发现自己再也不是从前的纯情少女，也再没有男人是可以依靠可以寄托的了，她幻想中的任何一种经典爱情都不可能再出现在她的现实生活中。就像眼前这份奢侈的浪漫，原本是她少女时常幻想的经典爱情的一个经典场景，可现在，它只是赤裸裸的性欲前面的一块美丽的遮羞布。

她怎么可能不哑然失笑呢？

　　祥送三子回酒店时已是午夜，喝了许多酒的三子还是一点儿醉意也没有。一晚的精心浪漫看来对三子一点作用也没起，祥简直泄气。可他不是轻易放弃的人，所以他决定来个直接了当。

　　祥泊好车，送三子回房间，三子说不必了，祥不理睬。三子打开房门，回身准备与祥道别，却没料到祥一步跨进来，随手关了门，一把将三子揽进怀里，三子吃了一惊，她本以为已经使祥今晚的算盘落空，心里正在暗笑，却想不到祥竟会置三个多月的精心铺陈于不顾，这样直接切入主题。她楞了一秒钟，祥就已经吻住她了。

　　三子想自己该拒绝的，因为没有爱情。可祥没容她多想，已经把她抱到床上，重重地压在她身上，用那个已经隆起的东西准确地抵在她敏感的部位。久违了的欲望在三子的体内不可遏制地流窜，使她意识恍惚。

　　最后两个人汗津津地倒在床上，都不作声。

　　三子想，自己终于堕落了，她不是贞妇烈女，但一直以为总要有情才能谈性，与她有过床第之欢的男人，都是曾令她倾心过的。而祥呢，她不爱他，他更不可能爱她，只有性欲，像动物一样的发情。

　　祥伸手将她揽过去，紧紧搂住，她的肉体无限贴近他，感觉到他宽阔的胸膛带给她一种莫名其妙的安全和踏实，她用力撑起身，看着眼前的男人。

　　祥很英俊，黝黑的皮肤光滑富有弹性，体格槐梧匀称，肌肉发达，浑身上下透着血性男儿的阳刚，从外表看，三十五岁的他更像二十五岁的小伙子，只是多了份事业上的成就带给男人的成熟、自信与自负。他也打量着三子，神情里带着如愿以偿的快乐。

　　三子痛恨他的这种神情，明白自己在他眼里跟别的和他上过床的女人毫无分别。她靠着枕头坐起来，用被单遮住下体，点着一支烟，深深地吸了一口。

　　"好了，你想要的已经得到了，该走了。"她弹弹烟灰，平淡地说。

　　祥夺下她的烟，捏灭在烟缸里，狠狠地瞅着她，她迎着他的目光，两个人相持不下。

　　"怎么？还想做出点儿女情长的意思么？"三子说。

　　他们又默不作声地躺着。

　　三子来广州原本只是出于一时的冲动，因为想回避那太熟悉的环境和人群，回避总是包围着自己的往日记忆和亲友有声无声的唠叨，以为这样可以轻松些，却完全不是。

　　几个月来她像一只没有舵的船，不知什么时候可以靠岸，而且，她也越来越不清楚究竟何方是她的岸，生活完全失去了控制，越来越深的只有对孤独对未来的慌恐。而偏偏一副坚实却不能依靠的肩膀就在身旁，这感觉使三子绝望，她浑身僵直，双眼定定地盯着天花板，欲哭无泪。

　　祥想是不是该走了，三子说的不错，想得到的已经得到了，他并不想谈情说爱，早过了那个年龄，也没有那份精力和时间，更不想惹上麻烦。可三子的坦白真是奇怪，他原本是想做出温存浪漫百般缱绻的样子的，可三子好像不需要这些，她说话时看起来十分理智，不像是故作姿态，这种理智与她刚刚表现的狂热根本不像一个人。

　　祥想着三子刚刚的激情，有点儿恋恋不舍，他禁不住去触摸三子光洁柔软的胸，谁知却触到一具僵硬的肉体。祥吓了一跳，翻身看到三子一脸的绝望和凄楚。

　　"你怎么了？"

　　"没怎么。"三子没精打采地看了眼祥，转过身。祥的脸上倒写满了关切。三子想，这已经足够了，她能要求什么呢？在她与祥之间，不可能产生爱情或与爱情搭边的任何一种感情。在祥这样的男人眼里，女人只是生活中不可或缺但又转瞬即逝的绚丽火花。从他做爱的方式三子可以感觉到他一定有过许多女人的经验。像他这样英俊潇洒的男人，当然很容易博得女人的青睐了。

三子想自己的世界越来越荒诞不经了。如果找借口开脱自己的话，她会说是因为生活中巨大的变化使她难以承受，虚弱的她需要一个男人宠爱她保护她陪她渡过寂寞黑暗的长夜。可三子从来都不是爱给自己的错误找借口的人，她知道是她不安分的本性使她不能拒绝外界的诱惑，她贪图一时之欢，忘记了做人的准则。

祥的手在她的胸前游走，使劲将她向他的怀里拉，她的背紧紧贴在他的胸口，他的胸口炽热灼人，三子感到阵阵恍惚，毫无疑问，她沉醉于依偎在一个成熟强健的男人怀中，使她感到安全、踏实、不孤单，虽然这种感觉一出现，理智就告诉她这是不真实的，可是她想那是女人的本性，寻求庇护与温暖，虽然只是一时的，但她宁可自欺欺人。

祥感到怀里的躯体越来越柔软，越来越炽热，带着渴望、羞怯、犹豫慢慢向他依偎。她微微颤抖的身躯、阵阵体香和若有若无的轻吟挑逗着他，使他身不由己，使他突然产生了占有她，把她变成自己生命的一部分的念头。

他心里一惊，这不该是他对待婚外女人的态度，可这个念头似乎一出现就已不能变改，他为这个念头极度亢奋，身下的女人仿佛感到了他体内的饥渴，变得更加依顺柔媚，迎合着他的需求，引导着他走近从未有过的快乐，一浪高于一浪的冲击，他感到随时会爆炸的窒息……

一切归于沉静。

许久，身下的女人轻轻推了他一下，祥反射似的更紧抱住她，生怕她溜走一样。接着他感到三子艰难的呼吸，立刻省悟，将三子抱到自己身上。三子在他胸前撑起身，端详他，他受不了那么清澈的眼神，便强行将三子红润的脸按在自己的肩头，吻她零乱的发丝和曲线柔和的颈。

两周后，三子被公司派到重庆，她没告诉祥，实际上从那夜之后，祥就再没联系过她，她也没有给祥打过电话。虽然她本能地对祥的无情无义怀恨在心，可她十分清楚，祥没有为他们之间的事负责的义务，她也没有要求他负责的权利。原本她就知道祥从前殷勤的目的。

她退掉了公司为她在酒店长包的房间，因为重庆有一个重要的客户，老板希望她能在那儿多呆些日子。当老板小心翼翼地向她流露了这个愿望时，她一口答应了，对于没有家，没有伴侣的她，在哪儿生活有什么区别呢？临走，她告诉公司总机，如果有自称是她朋友的人找她，不必透露她的去向。

三子想一切重新开始，现实地找一个心爱的男人，好好生活。所以到了重庆，三子很少出门，只在酒店与办公室之间一早一晚走动。白天去看看客户或者联系些新业务，晚上看看书，看看电视，安心静气地等待她心中的男人出现。

没有人打来过电话，她的前夫，她的情人们，她真的就与过去完完全全地断绝了关系，她真不知该高兴还是该伤心。

那几天，重庆的天气很不好，好多人感冒了，她也恹恹的，早晨醒来，很不想起床，看着窗外灰蒙蒙的天，决定给自己放一天假。迷迷糊糊睡到中午，仍然是懒懒的，镜子里看到自己的憔悴，三子真是很灰心。想想一个月前在广州的时候，自己还是花一样的娇艳的，重庆的生活虽然比广州悠闲得多，可三子还没办法适应川菜，近来更加茶饭不思了。想到川菜里一层红亮亮的油，三子一阵反胃，趴在洗手盆上干呕起来。

三子在酒店躺了两天没上班，反胃的那一刹那，三子突然猛醒自己这一向懒懒的原因。其实她明知没什么要决定的，她不是第一次怀孕，这次只是一夜风流的小小失误，而现今的医术使更正这类失误变得极为简单。

但这个失误却在三子的肚子里一天天的长大了。三子没告诉任何人，包括父母，在一个完全陌生的城市，她很轻易地就做到了这一点。在衣裳不再能掩示她形体的变化之前，她辞职了，并在重庆租了一间房。在临产前她找了个乡下的老太太照顾自己，积蓄使她能从容应付这一切，等待小生命的降临。

祥站在路边等出租，正值下班时间，街上人车混杂，让人目不忍视。等了快一刻钟，也没坐上车，索性决定走回酒店，好在并不很远。

他边走边在心里诅咒这个该死的合同，害他来来回回飞了七八趟，好在明天终于可以签字了。路过一家商场，他想这次一定得给女儿带件礼物了，在儿童用品商场，他迎面遇到了三子。

回到酒店，祥怎么也睡不着，与三子的意外重逢唤醒了太多的沉淀的记忆。那天离开三子之后，他便知道自己在劫难逃了。最初约三子的时候，他并没认为三子有什么特别之处，比三子漂亮迷人的女人他不是没经历过，至于聪明能干，他可不认为那是女人的美德，聪明能干的女人大半让男人头疼。

可三子一点儿没让他头疼，她是个让人愉快的伙伴，甚至可以说引人入胜。那一夜的意乱情迷更使他欲罢不能，他知道这太危险，接下来的十几天，他强制自己不去联系三子，有几次忍不住拿起电话，拔了一半又狠心放下，奇怪的是三子也没打来电话，这更使他坐卧不宁，最后他终于忍不住找她，她却消失了。

其实她不可能消失，很快祥就知道她去了重庆长驻，虽然这使祥有半个多月心绪烦乱，可最后祥认为这样反倒好，帮他免于陷入麻烦，就当她是一颗偶尔划过的流星也好。

那么，三子无疑是一颗耀眼夺目的流星了。从那儿以后，祥又遇到过几个女子，但一与三子相比，祥就再没有继续交往的兴趣。有时祥不愿接受三子在他心中占有不可替代的地位的事实，他把自己对女人不再有兴趣归结为见多识广和年龄的缘故，可今天再遇三子，他不能继续自欺了。

三子甚至比以前更光彩照人，成熟女人的风韵在她身上体现得十分完美，仍然那么爱笑，笑起来仍然那么让人振奋，使祥恨不得立刻拥她入怀，可三子偏偏拒绝了他共进晚餐的邀请，只陪他在路边的茶馆坐了一会儿，就匆匆而去，留给他一张名片。

祥从口袋里翻出名片，拨上面的号码。

三子回到家时还心跳不止，儿子蹒跚地扑进她怀里，她亲着儿子的脸蛋儿，端详着儿子的脸，在儿子脸上，到处可以找到祥的影子，她不禁热泪盈眶。

儿子的出世顺利得出乎她的意料，而且强壮地成长，不哭不闹，没病没灾，百天后，她就重新工作了。

儿子小名叫安安。自从有了他，三子就安下心来，不再奢求男人给她爱情和稳定，她知道只有她自己可以终身依靠，安安使她忘掉浪漫，踏实生活。

生活里没什么大的波折，她与安安相依为命。她的工作不像从前那么忙，因为她要把大部分心思都放在了安安身上。安安继承了她和祥的全部优点，可爱得让所有见到的人都疼他，大家都知道她与前夫离婚不久，都奇怪她丈夫怎么舍得这么好的儿子和老婆而离婚。三子对这类探问一笑置之，她想人们的误解起码可以使安安不必受到太多的歧视，这很好。

安安能坐了，安安会爬了，安安能站了，安安开始不停地绊倒又爬起来地学走路了，安安搂着她的脖子，脆生生地叫她"妈妈"，三子的眼泪止不住地流在儿子脸上。

三子曾想过也许该告诉祥，倒不是想让他负担什么，只是觉得毕竟是骨肉之情。祥有个女儿，但三子知道他更喜欢有个儿子。

安安周岁的时候，三子特意申请了年假，带安安回了趟广州。而且真的见到了祥。她看到祥和一个年轻漂亮的女子一起从办公楼里走出来，祥为那个女子打开车门，自己也上了车。三子看着车子消失在繁华的街头，怀里的安安瞪着一双乌黑的和祥一模一样的大眼睛兴奋地左顾右盼，咿呀叫喊，三子觉得自己蠢得可以。

许多热心人给三子介绍对象，三子觉得挺可笑的。身边也总会遇到向她求爱的男子，她都打着不愿委屈安安的旗号，拒绝了。她不想再结婚，有一次就够了，她也不想男人，有安安就够了，她几乎习惯于这种单纯平稳的生活，谁知命运弄人，竟使她再重见祥。

这种街市偶遇的概率应该是零的，她在重庆，他在遥远的广州，重庆有近千万的人口在街市流动，偏偏从货架上一抬头，却看见了祥。

祥邀请她一起吃晚饭，三子看得出他真实的意思是与她共渡良宵，他看上去比从前老了些，但仍然比实际年龄显得年轻，气质和从前没太大变化，风度翩翩让女人心动。三子感到自己内心对他的渴望，虽然与他肌肤相亲就只那么一次，可记忆却如此清晰，仿佛一切昨天才发生过。

三子克制心中的欲望，逃开他身边，这一点，实在得感谢安安，是家里的安安使她有决心离开。

饭后，三子陪安安玩了会儿，便安顿他上床睡觉，自己则坐在桌前看书。可看了半天，什么也没看进去，满脑子都是祥的影子。她猜想祥该打电话给她的，她盼望听到他的声音，又想到这种盼望实在没什么意义，就伸手把手机关掉，上床大瞪着一双眼睛看天棚。

在酒店里，祥听着电话里单调的女声重复着"你拔的用户已关机"，心有不甘地挂断电话。

## 衣不如新人不如故

茕茕白兔，东走西顾，衣不如新，人不如故。

电话里男声的"你好"吓了我一跳，我忙问："请问王静在么？"

"我就是王静。"

我张着嘴楞住了，半天才说："对不起，看样子我搞错了，我以为王静是位女性。"

对方轻笑了一下说："是我对不起，我的名字总给人错觉。你是租房子的吧。"

"是啊，不过，好像只能打下一个电话了。"

"如果你不介意男女合租，我建议你来我这里看一下。"

登在网上的住房条件的确是不错，两室两厅的房子，家俱家电全齐，合租每月才600块，而且地点离我上班的地方步行十分钟就到，在北京，这简直是天赐良屋了，否则我也不会连出租方是男是女都没看清就打了电话。

我犹豫了一下，说回头再联系。

接下来的几通电话都没有结果，我只好返回头告诉王静下班后去看房，当然，更主要的是看人。

王静三十一岁，中等身材，普通相貌，很中庸的人，房子倒是干净整洁，一点儿不像单身男子住的，他本人也很清爽，而且能看出是那种一贯性的清爽。这一点令我很满意。更可喜的是连说话都清爽，直截了当，干脆利索。

他带我看了整个房间，顺便讲了共同费用的平摊办法，态度平和，逻辑清晰，我当场就付了他一个月的租金，拿到了钥匙。

回到张恒家，大件的行李早就打包好了放在柜子里，把几件日常穿的衣服鞋并洗漱用品打包，在桌上留了纸条告诉张恒我搬走了，我左提右携地出了门。

王静看到我突然开门进来，大吃一惊，忙从沙发上站起来，帮我把东西提进屋。

"你怎么今天就搬过来了？"

"没什么不方便吧？"

"没有没有，只是挺意外的。"

"我实在是没处住了，否则，也不会不避嫌地和你一大男人住一起。"我虽然是笑着说的，但显然口气不善。所以王静帮我把东西放到我的房间后，就退出去了。

简单收拾好东西，躺在床上发呆。觉得自己就这么从张恒那里搬走，是不是太欠考虑。手机响了，不由问，是张恒。我接起来说：我今天累了，有话明天说吧。然后挂了电话关机。

王静仍然坐在沙发上看电视，但没有像我刚进门时那样半躺在沙发上，而是比较端正地坐着。看我走出来，淡然一笑。

"你家里有什么吃的没有？我还没吃晚饭呢。"

"有些剩饭，也有方便面，还有挂面，都在冰箱里，你随便。"

我从冰箱里拿出一包方便面和一听可乐说："我明天还你。"

他又是淡然一笑。

我们没再说话，我坐在餐桌前喝着可乐看电视等着方便面泡好，他看的是经济节目，我没兴趣，匆匆吃完方便面，我回到房间关上门上床睡觉。夜里突然惊醒，半晌才明白自己身在何处，侧耳倾听王静的房间静悄悄的，于是慢慢躺下。

其实细想起来和张恒也没有什么太大的矛盾，怎么说也是认识五、六年了，在一起生活都三年多了，可近半年多好像无论如何也过不到一起去了。倒也不吵嘴，只是冷战着，不到万不得已，谁都懒得跟谁说话似的。最近一次冷战已经持续了半个多月，连最初导致冷战的原因都忘记了，却还是谁也不肯先让步。

跟朋友解语说，爱情好像走到头了，变成很荒谬的面目。

第二天下了班，张恒的车等在写字楼下，我钻进去，他显然早晨没刮胡子，偏他的胡子一天不刮就从耳鬓到腮帮子到下巴都乌黑一片，这让他看上去多少有些狼狈。一路上，还是谁也不说话，我就硬挺着，看他到底什么时候能开口。

吃饭的地方很静，我们对面坐着，谁也不看谁。整整一顿饭，谁也不看谁，谁也没说话，气氛让人窒息，但我却已安之若素，从容泰然地把自己的一份饭吃得干干净净。

"那，你现在住哪儿？"他终于开口了。

"租到一房子，在公司附近。"我说。

"你预谋很久了吧。"

"也没多久，上周才想到的。"

"你是觉得我们之间已经走到头了？"

"你说呢？"

"也好，分开一段时间，也许我们都能理智地想一想到底应该怎么办。"

我看着他，他居然一点儿挽留我的意思都没有，真想把手里的茶泼他脸上。

"我送你回去吧，顺便认一下路，万一有事也好找你。"

"不必了，我和一个男的合租一套两居室，你去不方便。"

他的眼睛一下子瞪大了，我却头也不回地走出餐厅，上了出租车，回头看到他追出门，却被侍应生拦住了，心里恨恨地笑了。

在大多数人眼里，我和张恒已经算是合法夫妻了，可事实上，我们离合法还差一张纸。我其实并不在意婚姻这种形式，但总觉得婚姻代表一种态度和一种不管水里火里都义无返顾的决绝，只是这两样在我和张恒来说都还欠缺。

有人说，婚姻就像一场豪赌，未婚同居的人则是那些想赌又不想输的人在想尽办法地偷看对手的牌，可是婚姻这副牌太多太长，无论如果你也不可能偷看到所有的牌，偏我们偷看的这几眼非但没有坚定我们愿赌服输的决心，反而使我们产生弃局而去的念头，这多少有些悲哀。

回到家里，王静正在自己的房里收拾东西，见我回来探出头说："我明天出差，估计下周末回来。"

昨天见面的时候他就说过一个月里一半的时间他都出差在外，这也是我决定和他同住的一个原因。看样子他所言非虚。

我答应了一声，一屁股坐在沙发里看电视。

他走出来，坐在沙发另一边，我认真地打量了他一遍，他被我看得有点儿发毛，用手指理了理头发，问："我没什么不妥吧。"

"没有，只是想好好看看你，记住你的长相，别一周后回来另一个人我都不知道。"

他笑了，说："你挺有趣的，看样子我没看错人。"

张恒也说过我有趣，张恒也喜欢过我的有趣，可日子久了，有趣就变成贫嘴了，甚至变成没正经。

我苦笑。

解语来看我，也吃惊于我和一个男人合住："你越来越前卫了，连这时尚也能赶得上。"

"我哪里是前卫，慌不择路了，每天看着张恒的长脸，心里堵死了。"

"你就不怕这人有什么问题？"

"能有什么问题？这家一看就是正经人家的住处，那小子的证件房证我也都看了，还冒名给他办公室打过电话。而且他也直说就是想租给女人，因为家里没有女人味。估计也是想找个艳遇什么的。"

"他自己也没个女朋友什么的？"

"他说有过几个，但都没长久。他好像挺忙的，没时间陪女孩。我倒希望他是个色鬼人贩子什么的，把我骗了去吧。"

"那张恒怎么办？"

"不知道，他还没摸到我的住处呢，我乐得清静这几天。"

"你真的不爱他了？"

"搞不准。"我看着解语，真的搞不准，爱情这玩意，唉。

我一个人在陌生的房子里过了几天陌生的日子。长期的同居生活使我一时间失去了独居的能力，几天里，下了班，我要么在屋子里到处乱转不知干什么好，要么冲出门到街上胡乱采购，突如其来的自由空气让我不知所措。

到了第二个周末，我终于适应了新生活，下班后炒了一桌子的菜，独自一人喝了两瓶啤酒，然后趴在沙发上有一眼没一眼地看 DVD。王静叫我的时候，我已经在沙发上睡着了。我抬起头，睡眼迷蒙地看着眼前站着的人，半天才认出他。

"啊？！你回来了？"

"是，你怎么不回屋去睡？这样多不舒服啊，而且容易着凉。"

"看碟看睡着了。对不起，不知道你今天回来，我还没收拾桌子呢。"

"没关系，正好我在飞机上也没正经吃晚饭，你不介意我吃你做的饭吧。"

"这有什么可介意的，我帮你热热？"

"不用了，我用微波炉转一下就行了，你睡吧。"

"我醒了，睡不着了。"

"那，对不起了。"

我笑了笑。他拖着行李箱进了自己的屋，我想了一下，决定还是帮他热热饭菜。

他对我的服务表示了十分的感谢，并一再夸奖我的厨艺，我不由得取笑他："你肯定是言不由衷，我自己的手艺自己很清楚。"

"实话跟你说吧，我有两个来月没自己开过伙了，所以能吃上这样的家常饭菜，觉得不仅仅是可口，简直是幸福。"

这样的话似曾相识。

我掩示地笑了笑："要不我们搭伙开饭吧，每个月你交我点儿伙食费，我做饭的时候带你一份儿。"

"好啊。"

话虽这么说，但实际上王静总是在天上飞来飞去，就算不出差，也总是在加班，难得和我一起吃顿饭，我当然也不好意思真的收他伙食费。他呢，也不好意思白吃，于是在每次出差回来时带件发卡方巾一类的小礼物给我。

"我好像很赚呀，一顿萝卜白菜就能换巴黎的发卡。"第一次接过他的礼物我说。

"不瞒你说，是打折的，没你想象的那么贵。"他说。

我用发卡把头发盘起来，他的目光在我的背后有一些温度。

"这几天你男朋友没来找你？"他问。

张恒到底跟着我到了我的新居，认真视察了一番，那天王静又加班，我送张恒出门的时候，王静才回来，两个男人在门口相遇，对峙了一会儿。我向王静介绍张恒是我的男朋友，王静伸出手，张恒明显地犹豫了一下才勉强握了一下。出门后张恒的脸色变得更加难看，张恒说他想清楚了，要我搬回去马上办结婚手续，我说我还没有想清楚呢。

"其实我觉得他人还不错呀，长得不寒碜，块头也够大，按你的说法，有房有车高薪白领，而且也算通情达理，不挺好的？"王静说。

"要就这条件，北京城里估计得有个万八千的吧，我还都嫁呀？"

"你这叫一个歪。"

这是王静唯一一次跟我提起张恒。

倒是我，期期艾艾吞吞吐吐欲盖弥彰地追着王静讲了一些自己和张恒的事，王静就如他的名字一样静静地听着，间或噢啊一声，一句带问号的话也没有，让我觉得自己好像祥林嫂一样。

跟解语说："他越是不问我我倒越是想跟他说，又像觉得他比较沉稳可靠，又像是想说出来些私密的事来勾引他似的。可是，直觉他是个城府很深的人，而且对付女人很有一番手段，连送的礼物都那么别致，不值多少钱却透着一番心思，这样的男人，又倒让人怕了。"

"你真的打算和张恒黄了？"解语问。

"推着走吧，能怎么样呢？那天我搬出来他也没什么意见的，要不是因为我和一个像模像样的男人住一起，他也不会反过来急着要我回去了。让我怀疑他根本就觉得我没什么吸引力。好像笑话说的，如果两个男人一起追求一头猪，猪在两个男人的眼里也变成双眼皮了。我总不成做那头猪。"

"总要有个结局嘛，你到底要什么样的呢？张恒还是王静，还是两个都不要？"

"两个都要行不行？"我笑了，"各有各的好处，却都还没有好到值得让我放弃另一个的地步。"

"贪心吧你，要受惩罚的。"

"那就快快让我遭报应吧，好歹也算让生活多一些色彩，哪怕是黑色。"

"那你就主动下手勾搭一下不就完了？多简单点儿事，洗完澡穿你那件一直派不上用场的透明吊带裙去他面前晃一下，你马上就能遭报应了。"解语格格地坏笑着说。

我傻笑起来："我要是有那手段，也不用这些年就吊在张恒这棵歪脖树上了。这坏女人哪里是想当就能当上的。"

不过，洗澡和起夜的确是我新同居时代的两项烦恼，尤其在这夏季。和张恒在一起的时候，在家里我要么只穿三点，要么穿一件张恒的旧T恤当睡衣，而现在，我不得不买一件从脖子一直遮到脚脖子的长睡衣，夜里，翻几个身之后，睡衣就把我裹得像木乃伊。

当然，王静也舒服不到哪儿去。

我和王静克己复礼地保持着适当的距离。

这样的同居生活了不满三个月，我终于找到另一处合适的住处，说到底，还是放不开与一个男性合住，而且当感觉着两人之间有一种欲说还休的感情萌动时，这种合住就变成特别折磨人，让人无时无刻不在心里鄙视着自己的虚伪和怯懦。

我期期艾艾地跟王静道别，他问我："是不是我有什么不好的习惯让你觉得自己受到了骚扰？"

"没有没有，你的习惯比我好多了。是我，咳，是我太封建了，我老往歪了想。"我说。

他异样地看着我，我耸耸肩，做出很难为情的样子。

"我真的希望你还能留下来，和你在一起的时间不多，但真的非常非常愉快。"

"米兔。"我说。

他看我没有改变主意的意思，长长出了口气："如果方便我可以送送你吗？认认门儿，也好多一个吃蹭饭的地方。"

"那敢情好，正好帮我扛包。"

王静踢着我"新居"里的破桌烂椅说："就这破地儿也值得你放弃我？"

我嘿嘿地傻笑着："自己住安全，自由。"

"和我不安全？"

"和你我是安全，你不安全。"

他站在地中间挂着下巴饶有兴趣地看着我："你今天风格不同，我可不可以认为你在挑逗我呢？"

我继续傻笑："今天我不再是寄人蓠下了，当然就可以自由发挥了。至于你怎么理解，那是你的事了，我可不乱操心。"

他张开手臂把我抱在怀里，轻声说："跟我回去吧，我们重新开始。"

我在他温暖的怀抱里贪恋了一小会儿，推开他说："我今天可是有约的。"

"和他？"

"嗯。"

王静专注地看了我半晌，看得我都心虚了，才说："那我走了，有时间再来看你吧。"

当我告诉张恒我又搬家了的时候，他第一反应是："怎么？是不是那小子欺负你了？"

他的第一反应居然既不是关心我住到什么地方也不是问我为什么不搬回去和他住，他脸上的激动和愤闷让我感到，他关心的只是他的"私有财产"是不是被别人侵犯了！

我满怀恼火，冷冷地说："他倒是没欺负我，我倒想欺负他来着。"

下面的话没法说了，我们又冷冷地僵持着。

"我们结婚吧。"张恒终于打破沉寂，"这两个月，我过得人不人鬼不鬼的，家里没有你，连点儿人气都没有。"

"你要人气，可以每天在家里开 PARTY。"

"咱们别再逗嘴了，你知道我什么意思。前阵子可能我有些忽视你，可你也不能太任性啊。"

"可是我真的觉得我们之间的根本问题并没有解决。"

"那你觉得我们之间的问题是什么？"

"我们对彼此已经失去了兴趣。"

"我没觉得啊。"

"算我表达不清，是我们已经对一成不变的生活失去的激情，而且，我们已经开始用成见的墨镜来看待彼此了。"

张恒的表情证明我的话显然击中了要害。

我把自己的单身生活过得有滋有味的，重新恢复自由身的感觉真好。当然，偶尔也会有一些烦恼，当孤独在深夜突然袭来的时候。

随着和张恒见面的次数的减少，我越来越体味到他的好处来，几次几乎冲动间决定搬回去和他同住，可是晚上收到王静的短信就又改变了主意。王静仍然忙着，其实他除了短信和邮件每天来找我报到，本人很少能出现在我面前。于是我每天都牵挂着手机和电脑，好像我在和手机电脑恋爱一样。

"每次坐在饭馆里打开菜单，就难以自禁地思念你的萝卜白菜……"

"对这样飞来飞去的生活越来越是生厌，可想想回到冷冷清清的家里，心里又很不情愿。"

"我坦白，那件外套是我故意落在你那里的，一方面为下次去找你找个借口，一方面想有一件自己的东西留在你身边……"

"想给你打个电话，可担心你已睡了，写信吧，又不知道说什么。今夜无眠。"

读着这样的信息，总是难免幻想出爱情来，自己把它美化成没有承诺却一生默默相守的那种爱情。

一起吃饭时张恒告诉我，他又遇到一个女孩，感觉还不错。

这已是一年多以后的事了，我通情达理地鼓励他再接再厉，心里却怅然若失。酸溜溜地和解语说："你看，爱情这玩意就是这样的靠不住。"

王静短信问我春节愿不愿意和他一起回趟老家。我拉开窗帘，外面的是万家灯火，每盏灯下的故事肯定都不同。

但真的不同吗？

# 错在爱上你却失去

三子认识西蒙完全是一个意外。

那是在八月，北京最热的季节。三子有苦夏的毛病，天一热就有些昏头昏脑。结果就昏头昏脑地扑在了西蒙的车上。西蒙从车上跳下来，不知是吓得还是气得，脸是青的。三子躺在地上，眼睛看着车子保险杠，清醒了。

幸好是十字路口，西蒙的车速并不快，所以三子哪儿也没伤到，只是裙子撕开了一个大口子，很不雅观。西蒙在确认三子无需去医院之后，送她回家。一路上，西蒙都恨恨的，眼睛盯着前方，腮帮子鼓着，抓着档的手青筋暴起。

三子到了家，想和西蒙解释一下，又一想，解释什么呢？西蒙递给她一张自己的名片，说："如果有什么问题就给他打电话。"语气生硬，正眼也不看她。

回到家里，三子在镜子里看到自己的狼狈相又是好笑又是后怕。

第二天一上班，三子给西蒙发了封EMAIL，告诉他自己完好无损，并为头一天的迷糊真诚道歉，提议如果他晚上有时间的话就共进晚餐，算是给两个人压惊。

下了班，西蒙来接三子，三子夸张地远远绕过西蒙的车头，拐到车门前上了车，西蒙笑了，两个人冰释前嫌，甚至有了亲近感。

西蒙大约三十二三岁的样子，棱角清晰的脸，眼睛不大，单眼皮，看人的时候含着意味深长的笑意，像调侃，像嘲讽，但又不是那种常见的玩世不恭，因为带着尊严。三子觉得很奇怪，一顿饭都盯着他的眼睛看。

西蒙也看三子，三子完全不是昨天被他从车底下扯出来时的那副失魂落魄形容不整的狼狈相，她看上去有二十七八岁，一套样式极简单但质地做工都十分精致的合体的藏蓝色套裙，说明她的身份应该是待遇优厚的白领阶层。脸上没有任何人工修饰的痕迹，挂着自然大方的笑意，西蒙一点儿记恨的心思都没有了。实际上，上午一看到她的EMAIL就已经不恨她了，她的信写得真诚而不失幽默。

西蒙忍不住开玩笑问："你昨天失恋了？"

三子也笑了："我还没得恋哪儿谈得上失恋？我当时正想是不是该武力解决台湾问题呢。"

"想清楚了？"

"本来想清楚了，又被你吓糊涂了。"

吃饱喝足，西蒙叫服务生结帐，三子说："这顿饭我请。"

西蒙瞭了她一眼："哪有第一次就让小姐请客的。"

"可我已经结了。"三子说着站起来往外走。

西蒙很不满，他猜三子是趁他中间去洗手间的功夫提前结了帐，这使他很别扭，所以他提议去三里屯酒吧坐坐。

三子笑他："你是不是还不习惯女人结帐？"

西蒙不否认。

"那，以后我们 AA 吧，我也不习惯让男人请。"

"你男朋友不请你？"

"我没有男朋友。"

西蒙满脸都是不相信。

三子说："我也不信，可我真的就是没有！"

"你是男朋友太多花了眼吧。'西蒙说，又后悔说话太唐突。

三子一点儿也没在意，说："不，是人老珠黄没有要，俗称剩人！"

　　两个人笑着上了车，三子说：“不要去三里屯吧，太远，而且太闹，我太老了，受不了年轻人的激情。”

　　“你有多老？”西蒙问。

　　“你是问我年龄吧，问女士年龄可是不礼貌的噢。”

　　“我只是想知道你到底有多‘老’。”西蒙强调“老”字。

　　“其实也没多老，豆腐渣年龄。”

　　“什么年龄？”

　　“男人三十一枝花，女人三十豆腐渣！没听说过？”

　　西蒙笑得特别开心。

　　“笑什么？！你呢？多老？”

　　“我是开了两年的小花！”

　　“有什么美的，该谢了，而且，一般都是从顶上先谢！”

　　西蒙用手拢了一下自己浓密的黑发，一脸心事重重地问：“真的吗？”然后纵声大笑，发动车子，说：“不去三里屯去哪儿？”

　　“各回各家吧，我明天出差，得回家收拾一下。”

　　“去哪儿出差——我可以问吗？”

　　“东北，一个技术讲座，一天就回来。”

　　“那等你回来给你接风吧。”

　　“好哇。”

　　在三子的楼下，两个人分手。在分手的一瞬，请西蒙上楼一坐的念头在三子的脑子里一闪而过，几乎脱口而出，但立刻被三子生生地从舌尖咽回到肚子里，说出口的只是简简单单的“再见”。

　　三子住的房子是租的，一室一厅，房间宽敞明亮，房东简单装修过，四白落地的墙壁，硬木地板，干干净净。三子的家俱很少，客厅里靠窗放了一张餐桌两把椅子，墙角有一个小冰箱，一张布面的三人沙发，沙发前面的一块方地毯上趴着一只大个的毛公仔狗，房间里一张双人床上铺着素净的米黄色暗花床罩，散扔着两个大靠垫和大大小小几个毛公仔，一张电脑台，一把小靠背转椅，别致的书架上放满了书，地板上还有一摞书无法挤到架子上。

三子对自己的小窝很满意，舒适温馨。一进屋，她拉上房间里所有的窗帘，然后脱掉所有的衣服，冲了个凉水澡，赤着身子开始每天必做的工作：擦地板，收拾房间，洗衣服等。虽然她完全可以请钟点工来做这些琐事，但三子多年来一直坚持自己做。不管多晚回家，这一段程序从来没有跳过去过。

三子半躺在沙发上，从冰箱里拿出一瓶果汁，洗衣机还在最后一次清洗，三子喝着果汁等着。她没有电视，也没有音响，因为不喜欢。不过想着回家的路上西蒙在车里放的那张 CD，她觉得音响似乎倒是满必要的。她在脑海里追忆着那个曲子的旋律，并盘算着哪天有时间去逛一套音响回来。

晾好衣服，三子打开简易衣橱，拿出一只小巧的旅行箱，随手整理了两套衣服并日常洗漱用具放进箱子。出差是家常便饭了，尤其是这种一两天的短差。其实根本不需要怎么准备的，需要准备的倒是第二天的讲座。三子坐在桌前，打开手提电脑，最后一次整理自己的讲稿和幻灯片。

讲座一切顺利。只是讲到一半的时候，三子接到老板的电话，要她结束这边的讲座之后直接转去四川，"十天的技术支持，客户很急的，差旅费我已经帮你借了存到你的牡丹卡里……"。老板用充满歉意但毫无商量余地的口气说。

三子对这种安排并不意外，她的工作就是随时随地地出差，好在是夏天，两套衣服也足够在大江南北穿梭了。

第二天从酒店去机场的路上，三子拨通了西蒙的电话。

"回来了？"西蒙问。

"没，最高指示让我直接转战四川。"

"那什么时候回来呢？"

"半个月吧。"

三子在飞机上想着为什么会给西蒙打电话，是为了他曾说等她从东北回来给她接风吗？显然不是，三子觉得自己对西蒙有点儿另眼相待的意思，他身上有什么东西使她不能等闲视之。

是什么呢？三子回忆他的样子，抓不住那个不确切的特质，只是发觉虽然才见过两次面，却有一种旧相识的默契和谙熟。三子模糊地意识到自己的生活会因他而改变。

在成都的酒店里，三子上网处理自己的信件。有一封西蒙的信，是下午三点收到的，信的内容很简单，让她回来前打电话，他去机场接。三子回复说："谢谢。"

三子没用西蒙接机，她乘周五下午的飞机回北京，打车到家里时是六点多，家里积了半个月的灰尘，有点儿破败相。她用了一个多小时内内外外彻底清理了一下，靠在沙发上环视旧貌换新颜的房间，成就感的同时有饥饿感，于是拨了西蒙的电话。

西蒙还没开口，三子已经听到那边的嘈杂。

"你忙着呢？"三子问。

"不忙，正和几个朋友吃饭呢。什么时候回来呀？"

"已经到家了。"

"回来了？怎么没提前说声？我不是说去接你？吃饭了吗？"

"还没，以为你也没，想一起吃呢。"

"那你过来吧，刚点菜。"

"不方便吧，你和朋友一起。"

"等我去接你。"

三子想拒绝，她不想打扰他和朋友周末的聚会，也不想凑热闹，只想安安静静地吃点儿东西早些休息，可西蒙说完就挂断了电话。

二十分钟后，三子见到西蒙。

他穿了件白色棉布 T 恤，牛仔裤运动鞋，看上去年轻而有活力。三子自己也是件白 T 恤牛仔裤运动鞋，两个人相视一笑。

三子说，"我不习惯和生人一起吃饭。"

"我算生人吗？"

三子笑着摇头。

"那么，就我和你。"

"那，就去我的'餐厅'吧，车可以停这儿，走过去五分钟。"

西蒙停好车，和三子一起走。三子对西蒙有种久别重逢的亲近感，没来由地渴望和他接近再接近，她为此而有些尴尬，歪头去看西蒙，他也正歪头看她。他伸手揽住她的肩膀，向自己的怀里轻轻一带，三子就倚在他的身边，发觉他个子很高，自己才刚刚到他的肩窝。

晚上，西蒙住在三子家。

两个人无声无息地在被单下面紧紧地拥抱，彼此用手触摸对方每一寸肌肤，他们的唇粘在一起，胸紧贴着，四条腿互相攀盘，用尽全身的力量向对方贴近，许久的纠缠之后，西蒙进入三子的身体，动作极其缓慢，两个人都屏住了呼吸，全身紧绷着，直到它达到最后的极限，才同时发了两声低低的呻吟，听起来倒像深深的喘息。

三子从酣睡中醒来时已是日上三竿，西蒙侧着身子双臂抱着她还在梦中。一夜的激情加上无梦的好睡使她神清气爽，下体微微的胀痛是一种说不出的甜蜜感觉，她轻轻坐起来，他一下子睁开眼睛。

"怎么了？"他问。

"没怎么，去洗一下。"她伸手拢拢他的头发小声地说，脸微微地红了。

他把头枕在她的小腹上，手伸到她的双腿之间，轻轻地说："我还想要一次。"

"贪心！"三子移开他的手，"让她歇歇吧。"

"不！想要！这半个多月想你快疯了。"

"说什么？！"

"没什么，只是见了你之后就放不下。"

三子心里甜甜的，她吻了他一下，随口问："你还没结婚吧？"

他沉默了半晌，三子的心沉下去，她发现自己犯了一个严重的错误，而现在才意识到这个错误真是太离谱了。可实际上，她的确对他除了名片上印着的那些没有任何意义的符号以外再就一无所知，一切都凭着她自己的感觉，而这次，她的感觉出了错。

西蒙在心里挣扎了一会儿，决定还是说实话："结婚七年了。"

"那，有小孩吧。"

"有，男孩，三岁了。"

三子起身去淋浴，鼻子酸酸的，但没有流泪。

"你和你太太不和吗？"三子围着浴巾站在镜前梳着头发，边问。

西蒙靠着枕头，看着她："没有不和。"

"那为什么呢？你不像那种无聊的或是容易放纵自己的人。"

西蒙也不知道自己为什么一见到三子就突然出轨。

"要不就是和你太太性生活不满足？"三子梳好头，坐在床边，看着他。

"在昨夜以前，我没觉得与她有什么不满足。"

他说着把三子拖到自己怀里，她的皮肤清凉滑软，他身体里又充满的渴望。

三子没有像夜里那样激情地迎合他，西蒙感觉到了，一下子失去了兴趣，停了下来。

"你不高兴了？"

"我想我们之间没有未来对吗？所以，最好的办法就是立刻结束。"三子说。

"我承认自己对你一见钟情，可我不想做第三者也不想做谁的情妇，我不想让自己陷入苦恼和麻烦。"三子见他不言不语，继续说，"如果你是想找一些肉欲的激情，我不会纵容和满足你，如果你是和我一样有了感情，那就趁我们都没深陷时结束，既保留了美好的记忆，又可以免得日后痛苦。"

西蒙起来，一件一件地穿衣服。三子眼睛不眨地看着他，似乎要把他印在眼睛里。西蒙抬头看着她："我以后可以打电话约你吃饭聊天儿吗？"

"你真的相信男女之间可以有纯洁的友情吗？"三子反问。

西蒙再次语塞。低着头走到门口，打开门，回头看到三子仍然直直地坐在床边，盯着他。她的眼神里没有挽留他的意思，只是深深的仿佛抉别一样。

三子看着那扇门轻轻合上，西蒙消失在门外，她听着他迟疑沉重的脚步慢慢地下了楼，想跑出去叫住他，又想跑到阳台去最后看一眼他，终于还是一动未动。

三子生日是在冬天，恰好是周末。一大早宁重就来到她家，那一大束血红的玫瑰怎么也插不进她的细口小花瓶。

"总是把我的生日记得这么清楚！"三子边插花边笑着说，是不是有意提示我在一年年地变老呢？

"你的想法总是这么歪。"宁重说。

"本来就是，女人一临近三十就不喜欢人家提及年龄，可瞧你，三十朵玫瑰，一朵都不少！"

"啊，你终于也怕老了？怕老就赶快嫁我吧，免得以后没人要。"

三子转去洗手间洗脸，只当是没听见宁重的话。或许她是该考虑嫁人了，宁重也不算差，多年的交往，彼此熟得可以任意说话任意行事。只是三子对他总是没有那种激情，连上床的想法都没有。

宁重在四年前曾拿着戒指向她郑重求婚，戒指她到底没有推辞掉，但求婚的事倒是放下了。宁重再没认真的提过，只是不远不近不急不缓无欲无求地在她左右晃。三子猜他还有别的女朋友，起码是性伴一类的，因为曾在他的住处无意中发现有女孩子的东西。他当时只是随手收到衣橱里，没有解释。她也没有追问，可是心里有一点儿不快，是嫉妒吧，回家后她关上门把毛公仔扔了一地，然后又笑了，笑自己不吃葡萄还不许葡萄酸。

"寿星今天想干什么呢？"

"逛逛商店，给自己买件漂亮衣服来掩盖一下岁月的沧桑，然后晚上吃顿大餐，喝个痛快，然后回家睡觉。"

三子穿好衣服站在镜子前左顾右盼打量自己："宁重，我是不是还挺迷人的？！"

宁重靠着大靠垫半躺在床上，看着三子在镜前顾影自怜："何止是迷人，是迷死人！"

三子边笑边翻了他一眼："你就没好话。"

"哎，我这还不算好话？"

"当然不是好话，听听有多酸啊。"

"唯女人与小人难养。"

"没让你养呀！"

宁重起来站在三子身后，把她抱在怀里，用下巴拄着她的头顶，说："得了，这样就行了，别弄得满街男人的眼睛都跟着你。"

三子知道自己挣不开他，也知道他不会再有什么更进一步的行动，所以由着他抱了一会儿，然后挽着他的胳膊出门。

和宁重逛街的感觉总是不错，三子知道是自己的虚荣心做祟，宁重英俊威猛，惹着一路的女孩子都回头回脑地看他议论他。

宁重目不斜视。

三子逗他："哎，那边那个高高的穿红色套头衫的女孩不错噢，盯着你看呢，我打赌你能得手。"宁重在她肋下捏了几下，她格格笑着从他怀里挣脱出来。

"你干嘛还不结婚呢？"三子把五星级酒店里特别推介的几道精美菜式吃成了夸张的狼狈样子，然后端起酒杯，举在眼前，闭着一只眼，用另一只眼透过杯里鲜红的酒浆看着宁重，问，"别说是在等我，我早说过不合适做你的太太，你看，坐没坐相吃没吃相的，多给你丢脸。"

"别问我，问你自己干嘛还不结婚。"

"没人娶我呀！"

"是你不肯嫁吧。你到底要什么样的人才满意呢？"

宁重想不通为什么就是没办法打动三子，几乎没有一个女孩可以对他说不，除了三子。他总是抓不住她，她的心完全游离于他的世界之外，即使是把她拥在怀里也没有用。他试过与好女孩谈情说爱，也试过与坏女人放纵堕落，可得到的只是空虚和无聊。只要一听到三子的声音从电话里传来，他愿意放下一切赶到她身边。

他想这就是孽障。

"三子，我准备去欧洲了，明天。"

"啊？"三子差点儿被酒呛了，"为什么，你的公司怎么办？"

"公司还是照样的，有人照应着呢。我想出去走走。"

"怎么这么突然？"

"早就准备好了，等着今天给你过完生日。"

三子收敛起放肆和张狂，顺眉顺眼地垂着头玩手里的杯子。三子怕宁重会像小说里写的那样对她说：跟我走吧，或者，只要你开口，我就把机票撕了。她不是不喜欢宁重，宁重为她所做的一切她清清楚楚，可她不爱他。

宁重没说让她尴尬的话，他把她送到楼下，在她额上轻轻吻了一下，说："再见了。"

"明天我去送你吧。"三子小声说。

"不了。我到了会告诉你。我不在你要好好保重自己，如果有什么困难或是需要，给阿强他们打电话，我吩咐过他们。我想，一两年之内我会回来，希望那时候你已经找到娶你的人了。"

三子看着宁重的车子消失在夜色里，心里满是伤感，眼泪悄悄地滴下来。

情人节那天，三子收到宁重的电子贺卡，他在欧洲似乎过得还不错，说有漂亮的金发碧眼女孩陪他睡觉，但他并不想和她结婚：老婆还得是中国人，起码打情骂俏不会有语言障碍，与老外上上床还可以，过一辈子可受不了。

三子看了又气又笑。

她回复他说，"小心不要太放纵，万一得点什么时兴的毛病回来我就不要你了。"

一整天，她的电话响个不停，同事们都看着她乐，三子哭笑不得。

三子对着电话说："嗨，洋人的节日，都跟着起什么哄？"

"对方说：你不起哄？怎么为洋人打工！"

"打工是打工，过节是过节，别混为一谈。我不去玩，明天还上班呢。"

"那就只吃饭吧。"

"今天不出去吃饭，店家都在疯狂地想发情侣财呢，干嘛非往刀口上撞。"

三子不想在这个节日里去招人遐想，她没有真正意义上的男友或情人，她是孤单的一个人，所以她宁可一个人在家静静地煮粥。

电话又响了，她接起来。

是西蒙。

"我知道你在家，我在你楼下，想见你。"

三子魂不守舍，茫茫然地应道："那你上来吧。"

西蒙轻轻地扣了一下门，门虚掩着，开了。他看到三子赤着脚站在地毯上，两眼死死地对着房门，脸上的表情好像在梦里一样，他的心像刀割一样的痛起来。

三子依偎着西蒙，轻轻地抚摸他的脸，就像他不是真实的一样。西蒙俯身吻她，立刻产生强烈的反应，她蛇一样地攀住他，不放松。

西蒙说："我以为可以忘了你……"

三子用舌头阻住了他下面的话，她的舌在他的嘴里急切地缠绕索取，两行泪水从她紧闭着眼睛里奔流而下。

"我们以后怎么办呢？"三子偎在西蒙的怀里，手指在他的胸口划来划去。

"我要你做我的女人，我不能再没有你。"

她抬起头望着他热切的眼睛："我愿意做你的女人，可我不能啊。"

"你能！我知道你能的！"西蒙固执地说。

"你是说让我做你的情妇。"

"我知道这太难为你，我会好好待你，尽力补偿你。"

三子想，这就是命，她放弃宁重，选择了西蒙这个不可爱不能爱的对象。

三子叹了口气："我认命了。"

她起身到桌前，拉开抽屉，翻出一把钥匙递给西蒙："我的钥匙，别弄丢了。"

西蒙一把抱住她，发狂地在她脸上亲吻。

三子给阿丽打电话，讲自己和西蒙事，向她倾述心中的矛盾、痛苦和一点点的甜蜜。

阿丽说："宁重要是知道了，会去死，你宁可去当别人的情妇都不肯嫁他！"

三子无言以对，一惯理智的人一旦失去了理智原来这么可怕，她坠入一个旋涡，眼睁睁地看着自己向无底的深渊沉下去沉下去，却无力挣脱。

"阿丽，这件事不要让宁重知道了——让他快快活活地吧。"

三子说："阿丽，我想我是中了邪了，看着他的眼睛，整个人都会软下去，要用他的手臂支撑起来；没有头脑，没有意见，像白痴，等着他来认领。我想这就是爱情，是我盼着的等着的爱情，虽然完全是不合时宜的，可我想抓住，不管最后剩下的是什么。如果有一天你遇到那个人，你就懂了我了。"

阿丽说："我是凡人啦，不可能有你那样的经历，也没你那样感情复杂，更不会像你那样敏锐充满仙气的，我只想和陈劲老老实实地守着小宝过日子。不过我劝你还是醒醒吧，老大不小的人，还迷信爱情呢。告诉你，我不用想都知道最后剩下的是什么。"

"阿丽你不要这样说，你这样说我就知道老天现在是在惩罚我。"

"老天不会惩罚你的，三子，你是老天的宠儿。"

三子想，不是的，就算自己曾经是老天的宠儿，现在也不是了，因为她选择了西蒙，而西蒙是注定了要让她下地狱的。

三子让西蒙下了班来接她，可今天不是他们见面的日子，而且应该也不是什么特别的日子。西蒙不知出了什么事，一年来，他和三子很默契很自觉地坚持一周见一面，偶尔他会留宿在三子这边。

见到三子时，她看上去有点儿激动不安。

"怎么了，你？"

"嗯，回家再说好吗？"

“到底怎么了？”

“我，怀孕了。”三子匆匆地瞟了他一眼，他的表情凝滞。

一路上，两个人都不说话，路上塞车，西蒙起劲地按喇叭，嘴里低声地咒骂着，和平日里的儒雅绅士作派判若两人。三子心乱如麻，看着路边新发的绿叶也一点儿不能高兴起来。

好不容易到了家，三子说：“今天我不想做饭了，随便在外面吃点儿什么。”

实际上，三子什么也没吃，一顿饭只是看着盘碗发呆。

整个晚上气氛都很坏，两个人要么不言不语，要么没精打彩地说些不着边际的话。

“周末我陪你去医院吧。”最后西蒙终于说。

三子无神地看着他，半晌才说：“你不想要这个孩子吗？”

“不是不想，是不能，你知道。”

“我知道。我没有权利要求你，可是，这是我的孩子，我要他。如果你不要，你可放弃，我不会要求你负责。”

“你这算什么话呢？我怎么可能不负责？我怎么会？”

三子低头不语。

“我知道你是最懂事的，我们真的不能要。”西蒙说。

“不是我们，是你。因为我要。”三子抬起头，异常坚决地看着西蒙说。

西蒙想不到她会突然如此不可理喻。

“你这不是逼我吗？你到底要怎么样呢？”西蒙有些按捺不住了。

“我没逼你，我只是要这个孩子，至于你的决定，我管不了那么多。你可以放弃我可以放弃孩子，你可以放弃所有的权利和义务。”

“你这算威胁吗？”

“威胁？”三子吃惊地看着他，“我威胁你？我拿什么威胁你？

我有什么资格威胁你？我算你的什么人？你以为我不清楚自己是什么角色什么东西？"

三子的眼里盈满了泪水，但坚持着没有流下来。西蒙想不到会闹成这个样子，烦躁地在屋里走来走去。他的手机不识时务地响了，是家里的，他小声地骂了句什么，运了一下气，走到厅里去接。

回到房间里，三子还原封不动地坐在床沿上，两只眼睛直勾勾地盯着自己的手，好像在看自己的手相。听到他走进来，说："回家吧，你。"

西蒙站在她面前，捧起她的脸，轻轻吻着她的眼睛，柔声地说："今天我不回去了，亲爱的，你太累了，我们睡觉吧。"

睡觉当然解决不了问题。第二天西蒙满脑袋里都在盘算如何让三子放弃生小孩的想法，原本他想这是无须多说的。三子对他们之间微妙的关系一直心如明镜，知道什么是该回避的什么是不能强求的，从不在这上面做文章让他头痛。可这次却完全地失控，西蒙觉得很奇怪。怎么会出这种事呢？西蒙万分沮丧，他记得三子说过她是带了环的，一年多了，一直都没出任何问题。

"对了"，西蒙突然有了好借口。"三子，如果你想要孩子，我们可以以后再要，但这个，不好，你是带环怀孕的，这样的孩子我觉得可能……"他不往下说，但他相信三子已经明白了他的意思。

"我已经把环摘了。"三子平静地说。

"什么？什么时候？"

"半年前，医生说了，摘环半年之后就可以怀孕了。"

西蒙觉得自己受骗了，怪不得三子如此坚持如此坚决，显然这不是一次意外，是她早就预谋了的。西蒙脸都白了，狠狠地盯着三子。三子迎着他的目光，一点儿也不退缩。

"明天一早我送你去医院。"西蒙用没有任何商量余地的口气说。

“你决定放弃孩子了？”

西蒙一言不发。

两个人都直挺挺地躺在床上，中间隔着一段距离，谁也不碰谁。床头的小闹钟嘀答嘀答的声音听起来让人窒息，天在沉默中慢慢地黑下来。西蒙觉得心力交瘁，他想大概与三子之间就算完了，想到这儿，心里酸酸的痛。怎么会闹成这样呢？能怪三子吗？他没个主意。

三子一点儿动静也没有，像睡着了，又像死了一样，西蒙翻身抱住她：“三子，给我点时间好吗？以后，我们一定要一个我们的孩子。”

“医生说，如果不想要，就再等十几天去做，现在太小了……”三子的声音在黑暗里像雾一样的飘渺。

“好吧，到时候我陪你去。”

“不用，我自己去。你回家吧，总不能连着两天加班吧，让她又起疑心。”

“不，我陪你。”西蒙犹豫了一下，马上坚决地说。

三子的孕娠反应很早，才三十多天，已经吐得脸如黄纸，每天稀粥咸菜渡日。西蒙见她下了班就失神地靠在床上，不言不语，木雕泥塑一样，不知道自己不在的时候她是怎么过的，所以在家里也过不安生，坐立不安，像热锅上的蚂蚁，无缘无故地对儿子发了火，在他的小屁股上打了一巴掌，惹得娘俩一起冲他大哭大闹。

西蒙简直是烦透了，半个多月数着日子过。

上班的时候，三子打电话过来，他一听她的声音，心就提起来，生怕她又反悔第二天的手术。

“西蒙，我走了，你不会再见到我。”

西蒙不信三子会这么快就消失，而且消失得仿佛她不曾出现过。可他真的就找不到她了，这时他才发现自己原来对三子身份身世几乎是一无所知的。他不认识她的任何亲眷，不认识她的朋友同事。当他走进她工作过的那间公司，他得到的答复仅仅是她曾在此工作并已于一周前离职。她是孤单单的一个人生活在他的世界里，而一旦她主动割断与他的联系，他就再也无从接续。唯一能联系到她的方式只有电话和 EMAIL，可电话已经停机，网际空茫，所有的信都如石沉大海，没有回音。

三子辞了职，卖掉家里所有的东西，只随身带着一个大旅行箱回到了阔别多年的故乡。阿丽接她到自己家。

"你到底打算怎么办呢？"阿丽给三子冲了杯热果珍，自己煮了杯咖啡，两个人偎在阿丽的床上。

"还能怎么办？我想先生下孩子。"

"你有没有想想这样做以后会有多大的麻烦？"

"想过。"

"真把你没办法，永远都这么标新立异的。"

"不是标新立异，你还不懂我？可我爱他呀，我们之间不可能有结果的，我只能用这种办法，否则几年之后，我手里有什么呢？"

"又不肯结婚，又爱上有妇之夫，又要未婚生子，还说自己不标新立异！真服你了。"

"阿丽！"

"嗯，别叫了，就我纵容你！你先睡一下吧，看你都什么样子了，等下小宝回来非缠着你玩不可，你想睡也睡不成了。我现在去幼儿园接小宝，回来给你做顿好吃的，是不是还那么馋？"

三子笑了，"阿丽，谢谢你。"

"去你的，少让人操些心就谢谢你了。"

"陈劲什么时候回来？他知道我的事了？"

"知道一点点儿，不确切啦，你知道他那个人有个好处就是不乱打听事。这两天他还在出差，周末才能回来吧。"

　　三子一个人躺在阿丽的床上，想想西蒙，一阵万箭攒心的痛。为什么在所有与他有关的问题上她都没有任何的理智？因为没有理智，所以她只能独自承受最终的苦楚。

　　三子经过十几天的痛定思痛，已经回过神来，等那阵痛过去，她继续计划自己的未来。阿丽一家与她之间的感情当然是没的说了，她就算在阿丽家住个三年两载也不是问题，可她不能。她回来之前已经让阿丽帮她找一间合适的房子，不过，这件事不能指望阿丽，阿丽不肯让她自己单独租房子住。

　　明天，她自己亲自去找找看。如果有合适的，可以马上搬过去。置办一些必要的东西，如果可能，趁活动还灵便，再找一份可以在家干的活。一方面免得太闲会多想生事，一方面也可以有一点儿收入免得孩子出世后太紧张。她想，好在自己的父母去国外投奔哥哥了，不知道她这里发生的事，否则不被气死才怪。

　　阿丽因为三子坚持搬出去住和她吵起来，说她自从认识了什么狗屁西蒙就再也没有脑子了："家里又不是没有地方给你住，偏要搬出去，一天天身子不便起来，谁来照顾你呀？有事儿打电话现跑过去也要半个小时，有什么用嘛。你要搬就搬好了，以后不要来找我！"

　　三子陪着笑："不找你找谁？"

　　阿丽说是说，还是隔三差五地过来陪三子，两个人一聊就聊到天亮："三子，你一回来，我天天上班都瞌睡！"

　　三子上网处理自己的信，大部分都是西蒙的，她不敢看，直接DELETE，生怕看了会又失去了理智，不过，在西蒙的问题上，她已经不知道什么理智了，阿丽说"你是糊涂了吧，干嘛逃？又不都是你的错，为什么不让他负责，他该负责任的"。

　　在这个不算太开放的城市，她很难找到可以在家干的工作，偶尔会有一些三五天的小活，聊胜于无吧，为了怕自己闲了瞎想，她开始准备研究生考试，看看是不是可以圆了几年来的继续校园生活的梦。

阿丽问她："你到底打算以后怎么办？不嫁了？"

"谁娶我？再说万一对宝宝不好，我不悔死？！"三子说着爱抚地摸着自己的大肚子。

"没那么严重，我们这样的人，还有几个会虐待的？只要对你好，比如宁重。我觉得你总不成就这么一辈子吧，到底不是美国，观念没有那么开放，要不，就干脆出国，我们看不见，也省心。"

三子自己在静夜里坐在阳台上，看着万家灯火一盏盏地熄灭，整个城市陷入宁静的梦里，睡得那么沉静甜美，完全不知道她的悲痛。她问自己要不要重新选择正常人的生活，像阿丽那样，实实在在地过实实在在的日子。可是她已经放弃了太多，失去了太多，她已经不知道如何才能开始，如何去面对其他的男人。

"西蒙，西蒙，你……"三子又心痛起来。

"三子，刚刚宁重给我打电话，他回国了。"

"我知道，上周邮件里他告诉我了。"

"他到处地找你呢，逼我说如果我不交待你在哪儿，他就住我家里来。我可怕他，所以把你的号码告诉他了，我现在挂了，他肯定正在往里拨呢。"

三子还没来得及怪阿丽的多事，对方已经挂断电话，几乎是同时，电话铃又响了。

三子整顿了一下自己的情绪，拿起电话。

"三子，是我，宁重。"

"知道，阿丽刚刚告诉我了。怎么舍得金发碧眼的漂亮女仔跑回来？"

"你怎么了，什么时候跑回老家去了，信里从来都没提过。想避开我是不是？"

“是呀，怕你带个漂亮女仔回来让我心痛。你怎么回来了？是回来了还是一下子就又走？”

“回来了。告诉我为什么回老家了？”

“你知道我一直都不很适应北京的，现在年纪也大了，当然还是回老家来安安定定生活了。”

“撒谎，你肯定是干了什么坏事了，否则不会这样偷偷摸摸神神秘秘的，我问遍了北京的朋友，都不知道你去了哪儿。说吧，怎么了。”

“就你聪明！我能干什么坏事，总比不上你吧。再说我在北京都是酒肉朋友，人走茶凉，告诉他们干什么。”三子嘴上说，心里知道瞒不了宁重，不过，仍然试图打岔，“你回来有什么打算？”

“先见你再说。”

见了三子，宁重什么话也说不出来了。

“宁重，我很抱歉，我……”，三子左顾右盼，哪儿也找不到一个合适的词来表达。

“他为什么不娶你？”

“他有老婆。”

“你自甘堕落！”宁重咬牙切齿，转身就走。

“自甘堕落自甘堕落……”，三子在心里反复地念着，难道这就是对她的爱情的总结吗？她用了十年的时间去耐心等候，用了一年的时间去倾心投入，结果，只是自甘堕落。

三子躺在床上不吃不动，腹中的小生命也不动，好像很懂母亲似的。

有人敲门，她想，大概是阿丽，就不去理，等她自己找钥匙开门。

敲了半天，她听到宁重在门外喊她的名字。

“怎么又来看自甘堕落的人。”

宁重抱住她，“三子，原谅我说话太重了，其实我有什么资格说你，我自己也一样的自甘堕落。起码你爱他，比我强。”

"男人不都是这样花心的，一旦浪子回头就修成正果了。不像女人，没有回头路。"

"我们结婚吧，反正是两个自甘堕落的回头人。"

"是可怜我是不是？"

"不，是请你可怜可怜我。"

三子笑了，"宁重，我们都不必装假，你要找什么样的女孩子都容易，你就是可怜我做单身母亲不好生活。就算从前爱过我，现在该过去的都过去了，不必这样付出。我不会嫁给你，就算从前有可能，现在我这个样子就没可能了。"

"你的理论总是让人听不懂。我就是爱你，从前现在，都爱。你现在什么样子了？怀了别的男人的孩子，生下来不就完了，跟我们俩的孩子有什么不同？你还是不爱我是不是？好，那我就趁人之危了，我要借这个机会把你娶到手，你总得为孩子出生后考虑吧，生育指标你没有，上户口怎么办，有娘没爹，你总不希望孩子整天出不了门，一出门就被别的孩子欺负吧。"

三子知道宁重说的都是道理，可她不想，嫁了宁重，她在余下的半生时间里就得日日时时地反省自己的罪。更重要的是，孩子是西蒙的，她不能让别人分享西蒙的这份权利，总有一天，她要把孩子还给西蒙，听着他叫西蒙一声"爸爸"，这是她与西蒙最后的联系，是她爱情的全部见证，就算为了那一天她吃尽苦，那一刻，想一想都是甜的。

宁重回了北京，阿丽说，"三子，我算懂不了你了，那个西蒙真的会比宁重更好？我想象不了。如果有男人这样爱我，不要说这样一表人"财"的，就算武大那样的都会动心了。"

三子住院时，宁重还是赶来，在住院单里产妇配偶那栏签了自己的名字。

产房里充满了死亡和新生的气息，为什么会有死亡的气息呢，是不是产妇们的尖叫声太尖锐使人产生恐慌呢？三子也不懂。她心里惴惴不安，阿丽不停地安慰着她。

三子醒过来的时候，阿丽和宁重都在她的床边，没有孩子。两个人的表情都很奇怪。

"孩子呢？"三子挣扎着问，她似乎知道为什么自己总是闻到死亡的气息了。

"三子，你再睡会儿……"

三子打断阿丽的吞吞吐吐，直接对着宁重，一字一顿："怎么了，现在，就告诉我！"

看得出宁重在心里挣扎了半天，终于说："三子，别太难过，孩子，死了。"

三年后，北京。

三子把鸡仔仔细细地洗干净，剁成块，红菇已经泡软了，整碗水都红得像玫瑰的颜色，非常好看，她把鸡和菇连同玫瑰色的水都放到汤锅里，大火把水烧滚，然后调成小火，走进屋里。

美眉在大床上睡成不可思议的铺张样子，三子心里笑着，爱怜地把她的头摆正放在小枕头上，又理顺她的小胳膊小腿，美眉在梦中跟妈妈的摆布抗争了一下，还是顺从了。三子坐在床边看着女儿熟睡的小脸儿，心里充满温馨，女儿的出生使三子终于能摆脱那场灾难的爱情带给她的阴影，曾经，有一段时间，她以为自己再也回不过神来，再也不可能重新以正常人的心态面对生活。

幸好有阿丽。还有宁重。

她想，她与西蒙的爱情从一开始就注定是一朵炫丽却永远不可能结果的水晶花，老天仍然是宠爱她的，用这种极端的手法让她终于想明白，同时也明白自己所有女人的梦都得建筑在一个踏实的基础上。

美眉突然醒来，看到妈妈，脸上绽开满足的笑，向三子手舞足蹈。

三子抱起她，走到阳台上。

正是金秋时节，北京最迷人最宜人的季节，楼下草坪仍然绿草茵茵，太阳暖洋洋地照着，让人疏懒让人沉醉。三子把美眉放在她的小车里，让她和自己一样沐浴在阳光中。小车四周挂着的小铃被轻轻掠过的风吹得叮叮当当，三子半闭着眼睛躺在躺椅里，轻轻哼着无字的歌儿，美眉是她忠实地拥众，不时依依呀呀地和着她，挥舞着小手小脚。

屋里慢慢地弥漫开鸡汤的香气，三子站起来，趴在阳台上，看到宁重的车子停入楼下的车位。她把美眉抱起来，放在屋里她自己的小床里，美眉似乎不满意妈妈这样的安排，小脸皱起来，要哭。

"不哭啊美眉，爸爸回来了，妈妈去给爸爸做饭，你来陪爸爸好不好？"

百天刚过的美眉似乎是听懂了，脸上又绽开笑容，从小枕头上歪着头看着门口。

三子走进厨房，把鸡汤从火上移开，换上炒锅，打开油烟机，在炒锅里倒了些油，开始炒菜。

# 给爱一个别样的结局

三子醒过来的时候，阿丽和宁重都在她的床边，没有孩子。两个人的表情都很奇怪。

"孩子呢？"三子挣扎着问，她似乎知道为什么自己总是闻到死亡的气息了。

"三子，你再睡会儿……"

三子打断阿丽的吞吞吐吐，直接对着宁重，一字一顿："怎么了，现在，就告诉我！"

看得出宁重在心里挣扎了半天，终于说："三子，别太难过，孩子，死了。"

宁重话音刚落，三子惨叫一声昏了过去。病房里乱成了一团，阿丽哭着喊着三子，回头向宁重嚷道："宁重，你害死了三子！"

宁重也呆了，魂飞魄散地戳在床边。

大乱之后，三子终于醒了过来，阿丽喊："三子你哭啊，哭出来就好了。"

可三子不哭，就那么直直地躺着直直地看着天花板，不说不动。

三子在医院里躺了一个多月，宁重想尽了办法也不能让三子哭一声笑一下或者哪怕就是说一句简单的话。他日日夜夜地守在病房里，和床上的三子一起瘦下去，憔悴下去，阿丽看着实在过不去，让他到自己家休息一下，可他只是摇头。

三子一睡着就会做恶梦，几次在梦里哭喊着那个男人的名字，宁重的心像被针反反复复地刺着，痛到没有感觉。他把哭喊着的三子抱在怀里，三子一下子就醒来，病房立刻静得听得到两个人的呼吸。

宁重怕三子真的会疯掉或死去。有几次，抱着梦中流泪的三子，他恨不能立刻找到那家伙在他心窝上捅上十刀八刀，这个无耻的男人明明是戏弄了三子，他根本没有给三子她所需要的爱情，更不要谈什么幸福，他毁了三子，可偏偏三子执迷不悟。

宁重要夺回他心爱的女人。他坚信三子是老天安排给他的，所以，老天收回了那个孩子，因为，三子必须完完全全属于他。这辈子，还没有什么是他宁重想要却落空的。

三子没有疯掉也没有死掉。她出了院，回到自己租的房子，在阿丽宁重的注视下给自己煮了一小锅粥，慢慢地吃完，说："我没事了，你们都回去吧。"

阿丽和宁重对视了一下，异口同声地说："我们陪你。"

三子的目光在他们脸上来回移动了几次，说："你们放心，我不会寻死的。我只想安静一下，给我一段时间，让我慢慢重新活过来。"

阿丽望着宁重："那我先回家了，你再陪三子一会儿？"

三子说："算了，你们俩是不肯让我一个人在家呆着的，阿丽，你留下吧。"说完她走到宁重跟前，仰着脸看了他半晌，说："你的样子好丑，都是我害的。去酒店好好地洗个澡弄弄头刮刮胡子换套干净衣裳，明天让我重新看到英俊的你。"

宁重握着三子尖尖的下巴，忧心忡忡地问："你，真的没事了？"

"没事了，真的。"

接下来的日子里，三子每天早早地起床，去散步，她在大街小巷毫无目的地走着，走不动了，就坐下来休息，饿了，就找一个排档吃些东西，中午时分，她回到自己的家，睡个觉，醒来去买菜，做饭，吃饭，洗澡，发呆，再睡觉。当着阿丽和宁重的面，三子把所有为孩子准备的东西都装进一个大纸箱，丢到楼下的垃圾站。

　　宁重回了北京，每天晚上打一个电话给阿丽再打一个电话给三子。阿丽说，"三子只是不爱说话，但身体已经一天比一天好了。"宁重每周末来看三子果然看到她一次比一次强壮起来。

　　晚上，宁重约了客户，临出门前，他拨了个电话给三子："干嘛呢？"他问。

　　"在备课。"三子说，"我刚刚找到一份工作，在一所私立高中教计算机课。一周十五个课时，一个月六百块。"

　　宁重问："你不是想考研究生吗，怎么又找工作？"

　　"我不想考了。"

　　"那，为什么不回北京来工作呢，这份工作听起来又辛苦挣得又少。"宁重知道三子在北京的时候年薪接近六位数。

　　"不少了。"三子淡淡地说。

　　宁重不再提回北京的事，想想让她先在老家呆一呆也好，省得回来触景伤情，而且家里有阿丽陪她也能好过些。至于工作，他倒没想到三子会这么快就找了份工作，而且居然是当中学老师。不过，有个工作也好，免得在家多思成病，钱不是问题，一方面他知道三子自己有积蓄，另一方面，他也会想办法给她贴补。他对自己说："稳住了，别心急。"

　　他又和三子说了些别的事，照例嘱咐她要照顾好自己的身体，听到三子那边"咔哒"一声挂断了电话才轻轻放下话筒。

　　宁重锁了自己办公室的门，习惯地在公司内兜了一圈。除了通讯公司的技术部经理还带着几个小伙子在加班，公司里其他的人都已下班了。宁重向技术部经理简单了解了一下几个项目的进度和问题，询问他们有没有订好工作餐，得到满意的答复后，向几个小伙子道了声"辛苦"走出了公司大门。

　　到了国际饭店楼下，宁重拨通了郑易的房间电话："老郑，我们已经到楼下了，你和王局长一块儿下楼吧。"

郑易说："好，你等着，我们马上到。"

郑易其实也不老，他是宁重的大学校友，是宁重上一届的，他当校学生会主席的时候，宁重是副主席，从那时候起，宁重就叫他老郑以示尊崇。郑易毕业后分到市电信局，在交换机机房，说是工程师，其实就是个看机房的，可这小子一方面技术着实过硬又有股子干活不要命的劲儿，另一方面权术玩得好，眼力又毒，瞧准了靠山，两年不到就混了个正科，从此春风得意，靠山升他也升，靠山当了局长，他也弄到了正处，而且是掌管电信局命脉部门：工程处，真真是一人之下，千人之上。

当年宁重毕业出来干公司的时候，曾力邀郑易加盟，那时候他还没当上科长呢，宁重劝他说在这种大国营你能混出个什么来？不如哥儿几个下海干出番事业来。可郑易死活不肯，他说："看哥们儿给你混出个样来！到时候，咱哥儿们来个内应外合，做什么生意还不是咱说了算的事。"

宁重当时还只当他说笑，可后来证明郑易的远见，新锐公司最初的几笔创牌子高利润的买卖都是郑易暗中帮忙，否则单凭新锐初建时的七八个人五六杆枪是绝不可能在电信局的项目里分一杯羹的。当然宁重也不负所望，和手下的废寝忘食摸爬滚打，把几个小项目干得干净利落，给郑易挣足了脸也给自己挣来了声誉。此后，新锐公司蓬勃发展，总部迁到北京，公司变成集团。

一个月前，郑易向宁重透露马上全省电信局所要更新一批交换机设备：这次是个大工程，预计总投资一个亿左右，一期工程大约在两千万，目前项目还在酝酿中。

宁重说："你说吧，该怎么办。"

郑易说："这样，下个月，我们大老板要去北京开个会，我也一起去，当年干项目的时候你们见过面，他对你还有印象，所以就当是叙叙旧再热乎热乎。"

"你们老大爱哪一口儿啊？"

郑易笑了："他是人老心不老啊，北京有个天上人间是吧，老头儿去过一次，念念不忘啊。"

宁重一咧嘴"老郑，你可够黑呀你。项目还没影儿呢，就这么砍我。"

"嘿，这对宁总裁来说还不是小意思？！再告诉你，老头儿在北京有个小女儿，今年大学刚毕业，听说正惦记着去美国读个 MBA，你看着办吧。"

"你们老大的胃口到底有多大呀，你给我的底儿，我也好回家搬手指头算算帐值不值。"

"干不干随便你啊。"

"干干干，他奶奶的，这年头，送钱有人接着就算走运了。"

宁重心里盘算着，老头子一份儿，郑易一份儿，再下面招标小组的人都得分一份，看这样子，两千万的项目没个一百五到二百万是不行的，不过，如果项目真能拿下来，那就不仅仅是一期了，二期三期也等于是囊中之物，这样的话，至少两年之内，再不必为通讯公司的业务发愁。所以，虽然前期冒点险，值。

先在顺峰吃了饭，然后去旁边的天上人间，老头儿倒是一点儿没矫情，直奔主题。

安排好老头儿，宁重对郑易说："你想干嘛干嘛，我只当没看见。"

郑易说："我阳萎！"

"这里的可都是北京最精华的妞儿了，以后别后悔。"宁重说。

郑易在鼻子里哼了一声，于是宁重和郑易一起蒸个桑拿，找了两个顺眼的小姐给按摩。

宁重看了看表，对旁边趴着的郑易说："你们老大厉害，一个半小时了，还不出来。”

郑易弹了弹烟灰，说：“老头儿明年下半年就该退了，现在不折腾以后就没机会了。干嘛非赶这时候换设备呀，大家心里都明镜儿的。所以，我话先搁这儿，这次，老头儿胃口小不了。”

“那，老头儿退了，你怎么打算呢？”

郑易呆看着手里的烟半天才说：“一朝天子一朝臣，我估计老头儿一退，我也就歇了。”

“你还能歇？谁当天子还能离了你？”

“话不能这么说，我跟老头儿太近了，难哪。”

“要我说，老郑，你还是来我这儿，你们老大心黑手狠这咱心里都清楚，保不定背后多少人就等着他退了好拿他呢，万一他来个晚节不保，你难保不被牵连。等这个项目一签下来，差不多的时候你到我这儿副总裁一当，老头儿是生是死跟你何干？”

“操！”郑易在心里骂，“要没我你小子哪儿有今天，现在你做总裁让我当副的，跟阿强那帮毛头小子平起平坐，亏你说得出来。”可转念一想，宁重能说出这话已经够意思了，毕竟公司是人家一手操办起来的，而且自己该得的好处一点儿也没少了，自己如果离了现在的职位，基本上就是一钱不值。

“宁重，有你这话就算咱没白交你这个朋友。”

宁重第一次见到王晨是在给王局长和郑易送行安排的饭局。

转天临下班宁重就接到王晨的电话，她让他请她吃饭泡吧。她倒是挺自来熟，宁重心想，虽然心里十万分不情愿，却也不敢怠慢。

王晨一头狂放波澜壮阔的长发，穿了件深棕色长风衣，高筒靴，显得格外的高高瘦瘦。她不漂亮，但和她老爸一样有一股子凌驾他人之上的气势，格外招人注意。她坐在宁重对面，吸着烟，啜着红酒。

“郑易把你夸得跟个天人似的，我还当什么人呢。”她吐个烟圈说。

宁重很讨厌女人这样的作派，更不能忍受别人对自己这样说话，可看在钱的份上没有发作，只是调侃地说："让王小姐失望了。"

"我说了，别叫我王小姐，像叫'鸡'似的。我家里人都叫我晨晨。"

停了一下，她又说："听说，你还没结婚？"

"嗯。"宁重应了声。

"你是不是自我感觉特好？觉着谁都配不上你那种的？"

宁重克制自己，喝了口酒没回答她。

王晨自顾自地说："现在呢有一种男人，挣了点儿钱名片上自封个总裁总经理就以为自己真的怎么了不起了，其实骨子里还是农民一个，我就看不上这种人，投机钻营，什么东西！"

王晨边说边看宁重的脸色，后者面目如常，端起酒杯喝了一口，同时瞟了自己一眼，眼神平淡，甚至还带点儿嘲讽的笑意。

王晨从第一眼见到宁重就认准了自己要找的就是这种男人，英俊潇洒，含而不露。她想自己的运气还真不坏，居然他还没结婚，省了多少心思！而且眼下这男人还有求于她老爸，看他不乖乖地巴结自己。

她想先杀杀他的锐气，看看他到底有多少血性。等差不多了，再来温柔那套，看他还不喜出望外，乖乖听命。

宁重在王晨身上看到了娇生惯养专横拔扈的所谓高干子女所有的劣性，好在这几年他也看惯了，练到宠辱不惊的水平，偶尔，看着这些人的表演，也挺好看。

送王晨回到家后已经是深夜，宁重拨通三子的电话，响了三次铃后，听到三子迷迷糊糊的声音传来："喂？"

"已经睡了？"

"嗯。几点了？"

"快十二点了。刚刚一直在陪客户，才有空儿。"

"噢。"

"周末我们去上海吧。"

"干嘛？"

"不干嘛，去逛逛，买几件衣服。"

三子在电话里笑了，宁重心里一亮，三子活过来了。那边三子接着说："怎么像女孩，还买几件衣服！北京男装比上海不是更合适你？"

"给你买，最近都没见你穿新衣裳。"

"算了吧，跑到上海就为买两件衣裳，太夸张了，宁总。"

"去吧去吧，我也有段时间没去上海了。"

"别闹了，宁重，我困着呢，明天上午还有课，我挂了。"

"哎，那说定了，明天我给你订机票。"

"别，宁重，我不去。"

"去。"宁重说完就挂了电话。

从上海回来，宁重心情很好，上海的大都市气氛和漂亮的新衣裳给三子带来了一点儿活力，回到酒店里，三子给宁重做服装秀，从前的神采又有几分回到三子的身上。虽然三子仍然不肯与他同床共枕，但宁重不在意，目前能重新拥着三子一起走在上海的街头，他已经知足了。

飞机刚到北京，宁重就接到王晨的电话："嗨！宁大老板，怎么一周末都不开机！"

"噢，我出差了。"

"出差也不需要关机呀。"

"是么？关不关机是我的私事吧。"宁重不紧不慢不愠不火地说。

"可你不开机人家找不到你嘛。"王晨说得理直气壮的。

"你找我有什么事么？"

"人家想找你玩嘛。你现在在哪儿？晚上我们去蹦迪吧。"

"今晚恐怕不行。我有个客户，早就约下了的。"

"你讨厌啦！"宁重几乎听到王晨在用高跟鞋使劲地跺地板，"什么重要的客户呀，大周末的还谈谈谈的。"

宁重把手机从耳边移开一些，免得被王晨尖锐的嗓音刺痛耳膜，同时，在心里狠狠地骂了句："SHIT！"

"算了算了，挣你的钱去吧，我约别人了。"

刚刚挂断王晨的电话，郑易的电话又进来了："宁重，你准备好，下个月中旬，有可能开始发标书。我帮你把人都约好的，招标组有一半的人都是咱们的，这周你最好找个时间回来一趟，把该安排的都安排好。"

"没问题。"宁重说。

"再有，咱们的对手也差不多定了，三家是北京的公司，还有一家在深圳，我这有几份简单的资料，一会儿我传给你，你赶快想办法了解一下他们的底细。"

"好办，你现在就传到我家里的传真机，我马上就到家。对了，你们王局长家的那位千金什么毛病啊。"宁重对郑易讲这几天的事。

郑易哈哈大笑："宁重，你走了桃花运了，她看上你了，你他妈的要真把她弄到手，这个项目还有别人啥事？！"

"得，老郑，那丫头，我惹不起。"

"我告诉你宁重，那丫头可不白给，老头儿最宠爱的就这个丫头，我看她也颇有乃父之风。"

虽然宁重找了好多借口回避王晨，可他也不敢做得太过，万不得已的时候，只能坚持着陪王晨去喝喝酒蹦蹦迪。好在王晨虽然仍然刁蛮任性矫揉造作，却再没表现出无理。看样子郑易说得对，这小丫头是看上自己了，想方设法地引起自己的注意，而且有种不达目的不罢休的劲儿。

王晨问宁重，"怎么周末你总是不在北京？还不开机，跑哪儿去玩？"

宁重漫不经地说："噢，我去看我的未婚妻。"

"未婚妻？哈哈哈！"王晨大笑起来，"我亲爱的宁总，有点儿法律常识没？未婚就不叫妻！这么老套的称呼！哈哈哈哈……"

宁重淡淡地笑了笑："是啊，我们这代人还是比较老套的，和你们年轻人不一样。"

王晨平静下来，说："她不在北京？"

"嗯。"

"为什么？"

"不为什么，她有自己的事业。"

"噢？她的事业还会比宁总的重要？"

"每个人的事业都一样重要。"

"是嘛？宁总很尊重人嘛。那她为什么不来北京看你呢？"

"她不喜欢北京。"

"那她都不肯为爱情牺牲一下？那她一定是不爱你喽。"

宁重想到三子的确并不爱自己，有些伤心。

"我说到宁总的伤心处啦？其实，你又何必呢，像你这样的条件找什么样的女人都可以呀，她以为她是谁，你干脆再找一个气气她，让她后悔去。再说了，两个人天各一方，本身就没什么爱情可谈的，难道你连这个道理都不懂？"

宁重笑而不言，心想：小丫头懂什么爱情。

"哎，这周六晚上你来我家，我给你露一手，尝尝我做的饭菜，保你满意，我再好好开导开导你。"

"不行，我已经讲好，周末要去看她。"

"算了吧你，人家才不在乎你回不回去。你必须来，否则，嘿嘿，我告诉我爸去！"王晨板起脸嘟着嘴，但马上又忍不住笑了，说，"开玩笑啦。不过，我真的希望你来，总也没有人捧场，我的手艺都生了。"

"谢谢你，不过还是改天吧，这周真是约好的。"

"好吧，那下周如何，我先跟你约好。"

王晨住的是一套一室一厅的房子，整套房间布置很前卫，铺着木地板，厅与卧室里面没有高过一米的家俱，厅里一边靠墙放着矮柜书架电视音响，从矮柜开始，一大块地毯一直铺到对面墙，地毯上有张方几，上面放着一套茶具，方几周围是几个靠垫，看样子是主人或坐或倚用的，宽敞的卧室里只有一张巨大的床垫直接放在地板上，上方墙壁挂着一幅女主人的巨幅艺术照，镜头前的王晨潇洒刚毅，有一股子男孩子的英气。

"我家里都是席地而坐席地而卧的，宁总要是只习惯坐大班椅我可就没办法了。"

王晨光脚穿着条很旧的裤脚都磨毛了的牛仔裤，宽大的半旧男式棉布衬衫散着领口的两粒扣子，下摆在腰间打了个结，不羁的卷发用一根皮筋束起来，脸上没有化妆，从厨房里端出几样菜放在方几上。

宁重心里感叹王晨居然也有这样可爱的一面，看来，人都不可以一棒子打死。

王晨的菜做得很一般，但对于一个娇生惯养的女孩来说，这已经不错了，宁重每样菜尝了一口，从这个角度想着，真心实意地夸了她几句，王晨一直眼巴巴地看着宁重，听了他的赞扬高兴地拍拍手，说："怎么样，我没吹牛吧。来，喝酒。"

酒倒是真正的法国红酒。

"我不能喝太多，一会儿还得开车呢。"

"想那么多呢！今天是周六，放松一下，喝多了大不了住在我这儿，怕什么。"

"那可不行。"

"别装了，你们男人什么样儿谁不知道。我都不在乎，你还在乎什么。”

王晨左一杯右一杯地劝酒，自己也不放松，喝了一杯又一杯，没怎么着，两瓶酒就见了底。宁重还没什么，毕竟是“酒精”考验的，王晨自己倒不行了，舌头大了，眼睛也睁不开了。

宁重说："行了，别喝了，我都快醉了。"

"不……行！难得…喝得…这么痛快，再…再…来！"

宁重扶着王晨，把她放到卧室的床上，在他准备站起来离开的一刹那，王晨突然双手勾住他的脖子，使劲地把他拉到自己的怀里。

宁重不知道是酒精的作用还是王晨毫不掩饰的渴望与勾魂摄魄的呻吟的作用，他压抑了半年多的性欲瞬间突然迸发，使他完全失去了理智。

但宁重冲上巅峰再颓然降落后，还没有来得及反省自己的错误，却已经发现王晨完全没有了酒醉的迹象，她笑吟吟地望着他，用手指轻轻的理顺他前额的乱发："怎么样？我难道没有她好么？"

宁重恨不能当时给自己一个大嘴巴。

他一言不发，穿上衣服，往门口走。

王晨脸上的笑冻结了，寒着脸看他穿衣服，在他临出门的一刻冷冷地开口道："虽然我不是处女，但现在我是你的人了，我保证我会认真地爱你一生。你也一样。别让我发现你还和那个女人来往，别让我发现你还有别的女人，否则，你会后悔的。"

宁重认为王晨虽然可以给项目签约的进程带来一定的影响，但绝对不是最终的决定力量。只是与其让她起负作用倒不如用她来推动签约的进程。

他给三子打了个电话："最近怕是要没时间看你了，电信那个项目进入投标期了。"

三子说："那你保重身体啊，别熬太狠了。不用操心我，本来也不该总这么跑，挣点儿钱还不够捐民航局的呢。”

“我会每天打电话的，有什么事要告诉我，我马上会到。”

“好吧。”

放下三子的电话，宁重来到王晨家。王晨不相信宁重会一下子就转到自己这边，她疑惑地望着他：“你别蒙我，这么快就把别人都解决了？”

宁重调侃地笑笑“当然没有那么快，不过，我想还是给你一个机会，毕竟像你床上功夫这么好的女人我还第一次遇到。”

王晨大怒，随手抓起一只靠垫砸向宁重：“你当我什么呀？”

宁重闪身躲过，仍然面带笑意：“那，你就让我见识一下，除了床上功夫，你还有什么值得我放弃其他女人的地方。”

王晨恨恨地盯着他半天，说：“把你家里的钥匙给我一套，我倒要看看你会不会为我放弃其他女人。我也把我的钥匙给你一套。”

宁重居然没反对，从包里摸出一串钥匙丢在方几上，看样子他是早有准备了。王晨拿起那串钥匙，发现钥匙环上有一个方形的塑料卡，上面是正流行的动画片《狮子王》里的 TIMON，非常精致漂亮，而且显然是新的。

“特意送我的？”王晨不敢相信。

“噢，总得把钥匙都拴一块儿吧，路过赛特顺便买的。”

王晨第二天抽时间特意去赛特找了找，果然在地下一层的小礼品柜台找到了这个钥匙环，小姐告诉她这是新上的货，这两天卖得特别好。看样子宁重没有骗她，来赛特可不是顺便，这里光泊车就得费点功夫，说明他还是很当回事儿的，王晨很满意。

拿着宁重的钥匙，王晨有点儿不太好意思，自己还没有多余的钥匙可以给宁重：“明天我去配一套我这边的钥匙给你。”

按着郑易的安排，宁重又要去 C 城。上两次，郑易只是安排宁重和招标组及重要业务部门的人分别吃吃饭玩玩，让宁重熟悉了一下每个人的性情，有个感性认识，但没有更深的接触。郑易说："这感情也不是一天能培养起来的，最近你就经常跑一跑吧。"

经过头两次的接触，宁重在心里已经给几个关键人物大概画了个像，这些人在机关里混久了都滑得很，而且各有所图，花拿钱是不行的。宁重掂掂手里的牌：钱是必不可少的；交换机厂家还会提供十二个名额的欧洲考察，但这是为电信局的业务部门准备的，招标局的人没份，但招标局的老刘却暗示过自己从没过出国而且马上要退了，所以，还非得给这个老刘匀出一个名额来，实在不行，就由新锐公司出钱了；色也是一张牌，宁重想到这儿就烦，每次安排这事儿时他都觉得自己像拉皮条的，恶心得要命，可眼前好这口儿的人还真不少，一顿饭吃个几千大家都没感觉，饭后要没这类节目大家就都有意见了，尤其是那个郑易他们工程处的程副处长，盯着小姐看时那双眼睛让人想吐，幸好工程处有郑易，这个程副处长顶多算个摆设，宁重打算在他只给他多些玩的机会，其他的就省省了。

王局长家这次一定是要去的。宁重想了想，给王晨打了个电话："后天我回 C 城，你有没有什么要带给你爸或者要让我从家里带回来的？"

王晨笑了："宁总又去拉拢腐蚀国家干部呀。你给我电话的意思是不是让我和我老爸打个招呼呀？你干嘛不直说？我现在就这一点可以让你放弃别的女人。"

宁重不置可否。

王晨居然请假和宁重一起回去，当宁重出现在王局长家里，王晨对宁重的亲密态度让王局长着实吃了一惊。

从 C 城回来，王晨感到自己和宁重的关系真正进入了情况。她完全没有看错，宁重绝对是个一等一的好男人，有品味加上有钱，所以把爱情润色得极尽浪漫。他并不刻意地迎和她或迁就她或娇宠她或纵容她，还总是那样淡淡的态度，可她偏偏感到前所未有的满足，这种满足是只有当女人被所爱的男人恣意宠护的时候才会有的。她不由自主地就柔顺在他的臂弯里，连她自己也不能相信自己还能如此温柔。

陷入温柔乡的王晨并没有被胜利冲昏头脑，她仍然时时提醒自己保持警惕。她特意安排了三次突击，去搜查宁重的房子，并经常检查宁重的手机里往来通话，没有什么异常。

项目的签约发展飞快，原本像这么大的单子从应标到签约好歹也得拖个半年八个月的，方方面面都满意了才行。而这次，既然王局长一开始就多方暗示，宁总又出手不凡，新锐公司也算得上有名有姓的大公司，那顺水人情谁都是愿意送的。

郑易对宁重说："你小子本事是越来越大了。怎么，什么时候喝你们的喜酒啊。"

宁重笑而不答。

签约之后，宁重没有回北京，他去看三子。三子和阿丽在厨房准备庆功宴，他和陈劲在屋里聊天。虽然每天都通电话，但宁重仍然不可遏制地想念三子，看到她进进出出的身影，心里才终于踏实下来。下面，他总算可以全心全力地赢得三子了。

自从宁重的项目签约后，王晨有半个多月见不到他。他总是说在C城，可有时，甚至电话也找不到他。王晨冲着电话大吼："宁重！你乖乖地来看我，不要以为我现在就拿你没办法了。"

宁重仍然是不愠不火，说："我的大小姐，你也总得容我干事儿吧。你以为合同签了就完事大吉了？项目做不好，你老爸也没好果子吃。"

"你少来这套，当我是傻子？！我告诉你，我也不是好惹的。"

"我什么时候说你好惹了？你稍安勿燥，等项目开始的这几天忙过去，我就去看你。乖乖在家别出去惹事。"

"乖你个头！"王晨骂道。

王晨的快乐时光结束了。王晨终于明白宁重一直只是敷衍她，究竟是他太会做戏还是自己太过沉迷，她没搞清楚。总之，宁重是在彻头彻尾地骗着自己而自己竟没有发觉。她认真回想，发现其实漏洞一直明明白白地摆在那儿，只是自己竟没有察觉：他怎么可能那么快就把家里别的女人的痕迹擦得干干净净？手机怎么也会那么清清白白？一切只能说明他是刻意地，是在哄她的，连那串曾让她无比甜蜜的钥匙串，都是他精心安排的。

宁重回北京地时间有限，大部分时候忙着见客户，偶尔抽一晚来看她，但几乎每次都让她等到后半夜。王晨气得在家里大哭大骂，到底也解决不了什么问题。

她一个人去酒吧喝了两瓶红酒。

一个清秀的小伙子坐在她对面用深深的关切的目光看着她，她对他招招手："来，一……一起喝。"

小伙子坐过来："别喝了，你喝得太吓人了，酒多伤身啊。"

"你别……管，能喝就陪我喝，否……则，滚蛋。"

"有什么想不开的事呢，天一亮，一切都可以从头开始了。"

"嗬，挺……会讲大道理啊。你叫什么，多……多大了，干……什么的。"

"叫我小勇吧。其实，我是……"，小勇犹豫了一下，小声说，"算了，我又不想卖你，只是看你喝得太过了。"

王晨用力地睁大眼睛看一看小勇："你……是'鸭'！"

小勇手里摆弄着打火机，不置可否。

王晨先是一阵恶心，想叫他马上滚蛋，但突然不知哪儿来了一个念头，说："既然，你是卖的，今晚我……买了。"

王晨用最后的一点理智坚持交易地点应该在小勇家而不是自己家。

要说小勇的技术倒的确是让王晨陶醉，而且不多话，听王晨哭述到伤心处还温存地搂着她为她擦眼泪。临走时，小勇把自己的呼机号码给了王晨，说："没什么想不开的，他不爱你，再找别人，你人又漂亮又年轻，再找一个肯定比他还好。要是太寂寞就呼我，起码可以陪你喝酒。"

王晨和宁重难得的见面次次火光四射。宁重那不急不缓不愠不火不疏不近的态度，曾经是她最欣赏的，如今变成她最痛恨的。她明明感觉到不对劲，又抓不到实质的证据，每次吵架的结果都被他证明为自己无理取闹。王晨气不过，传了小勇几次，感到报复的快感。

又经过数月的冷战，宁重破天荒突然打电话给王晨："今天下班哪儿也别去，在家等我，我有事找你。"

"你有事找我我就得等你？今天不行！我约了朋友了。"王晨说，其实她什么约会也没有。

"你最好乖乖地在家等我。"宁重一反常态一字一顿恶狠狠地说，说完就挂断了电话。

王晨不知出了什么事，只好恨恨地在家等。见面时宁重的脸色难看到了极点，他打开电视，把手里的录像带塞进放像机。王晨感觉背后冒出寒气，屏幕一片雪花之后的画面让王晨几乎当场昏倒。

"你，小勇是你雇的？！"半晌，王晨哆嗦着问，心掉进冰水里，她真希望自己手里有把刀。

"我没那么无聊！"宁重吼道，"今天上午，这人打电话，说他有办法让我摆脱你，开价二万。他还准备了一份拷贝给你，十万。"

"你骗人！你这个无耻小人，一定是你……"，王晨发疯似的扑向宁重，但被宁重一巴掌打倒在地。

宁重拧着她的脖领子，几乎把她拧断了气。他那张帅气的脸已经变了形，贴在她的眼前："我告诉你，虽然我恨你最初耍手段逼我就范，可毕竟后来你对我不薄，我一直试着对你好，可你居然这么不自重。我他妈的那么忙，还不是为了让你爸能安安稳稳退下来，你倒好，在我背后插我一刀。退一万步讲，就算真的是我雇了那流氓，难道你是个孩子？如果你不愿意他能拍到这些东西？我看你是很陶醉啊，你自己看看你那令人恶心的模样，我他妈的在欧洲都没看过这么精彩的毛片。告诉你，是我，出了十万，他才同意把所有拷贝都给我。"

宁重丢下王晨，从包里拿出另一盘录像带，和一个大信封摔在方几上，接着说，"这里面是一万美金和一张休斯顿的机票，这是当初我答应你爸的，看在你爸的份上我今天仍然兑现，你最好立刻滚到美国去读什么 MBA，别让我再看见你。"

宁重说完，转身向门口走去。

王晨带着哭音说："真的所有的拷贝他都交给你了？"

宁重回头冷冷地看了她一眼："那就看你的运气了。"

从王晨家走出来，宁重觉得一身轻松，虽然费了些周折，但一切还是按着自己的计划一步步进行。一周之前他拿到了带子，昨天晚上，小勇在酒吧里做"生意"时"意外地"被抓获，等他一年半载后放出来，王晨肯定已经在美国了。小勇不亏，毕竟他拿到了不少的一笔呢，王晨也不亏呀，该痛快的她都痛快了，钱也没少了她的。当然自己也不亏，所有这些花费都没有超出项目初期的预算，而项目也正顺顺利利地进行着。

宁重在路上飞驰。北京夏初的夜晚让他无限欢愉。他一手把着方向盘，一手拿出手机，拨通了三子的电话："周末我们一起去珠海吧，那儿新修的情侣路据说特别漂亮。"

三年后。北京某花园。

宁重抱着美眉，三子跟在他的身边，一家三口在小区的甬路上慢慢散着步。宁重抓着女儿的双脚扶着她的背，不停地把她举过头顶又放下来，美眉格格地笑着，喊着"爸爸爸爸"，两只小手起劲地挥舞，不时地打到爸爸的脸。

三子看着他们父女玩得开心，笑着说："花点钱，我们再生一个，好不好。"

"当然好啊，我亲爱的老婆大人，我希望你生出一个足球队，我好过过教练的瘾。"

抱着美眉坐在儿童游乐园的长椅上，三子依偎在自己肩头，宁重心里很满足。现在一切都在自己的掌握中，他拥有了最心爱的女人最可爱的女儿，郑易终于来公司帮他，大大地减轻了他的负担，而且还给公司带来了新生意。

宁重愉快地笑出了声，把美眉抛起来，仲夏的黄昏，美眉的笑声在芬芳的空气中清脆地回响。

# 无关爱情的肉体

我扶着扶手拾阶而下，冰凉的水使我不自主地打了个寒战。我咬了咬牙，往水里一蹲，全身浸水后反而不再冷了。慢慢划动四肢，沿着泳池的短边游了一个来回。我的泳技很差，如果没有身材和比基尼的拯救，我的泳姿肯定是泳池里最让人不忍卒睹的一幕。所以，为了自己的形象，一个回合后我马上上岸半躺在池边的躺椅里，拿起带来的一本书装模做样地起来。

这家俱乐部的泳池客人并不多。我来这里游泳与其说是健身，不如说是招摇，而且是专门招摇给那个特殊的人看。我相信那人对我的招摇心领神会，因为他已默默地将他的健身时间调至与我的时间吻合，而且他在泳池里的动作毫无异议地充满表演的色彩。

我喜欢男人在我面前的表演，甚至热衷于为男人制造表演的机会。我看着从男更衣室不慌不忙地走出来，在池边立定，两只赤脚微微八字站开，展臂、扭腰、下蹲，做了几个简单的热身动作。然后，他流线型地入水，披波斩浪地前进，满池碧水拥着他为他欢呼沸腾。此情此景，令我兴奋不已。

他往返二十个回合后，回到原始起点，一撑一跃上了岸，随手拾起扔在躺椅上的浴巾披在肩背上，看也不看我一眼扬长而去。

我很快地冲了个澡，到休息室里喝咖啡等他。前面的桌边坐着一个比我年轻也比我漂亮的女孩，正在喝着冰水看杂志。那是他的女朋友。不过，他们相处也才三个月的时间，在她之前的那个总是在泳池里让他背着抱着并喜欢水下小动作的火辣辣的女孩，不知何故被他淘汰出局了。这个女孩看上去文静很多，从来不进游泳池，每次都耐心地在休息室里等他。这使我少了许多免费观看限制级小电影的机会。

他衣冠楚楚地站在门口，轻轻咳嗽一声。女孩立即应声站起来，挽着他的胳膊出了俱乐部大门。整个过程，他仍然没有看我一眼，虽然我一直肆无忌惮地盯着他看。

每次都是这样。

当他的车在大堂的窗外划了一条完美的弧线消失在街角后，我几乎情不自禁地咧开嘴，笑起来。

——

写到这里，我停住笔，竖起耳朵。隔壁似乎有一点儿动静，可是不确切。我急忙扔了笔，光着脚快而无声地直奔隔壁卧室。儿子仍然睡着，只是换了个姿势，极尽铺张地横在床的正中。已经开始发福的户主可怜地蜷在床的边沿，似乎随时会失去平衡摔下床去。

我为儿子盖好踢开的小被，歪在床边轻轻抚摸他肉乎乎的小手。儿子微微的呼吸吹在我的手背上，麻酥酥的让我的心里漾满了幸福，不由得俯下身轻轻吻了儿子一下。

靠在床头，我看着自己的两个男人，大的是我的依靠，小的是我的寄托。看着他们，我似乎可以看到未来，十年以后，二十年以后，三十年以后……那种踏实的确定感让我莫名地打了个冷战。

——

虽然我能毫无顾忌地欣赏那人的表演，但从本质上讲，我仍然是个传统而内向的女人。让我主动与一个陌生人，尤其是陌生男人，打个招呼，也许只能等转世投胎之后了。

我和那人僵持了足有半年的时间，等他的主动我几乎等到死。

那天，我鬼使神差地游到深水区。突然，腿开始抽筋了。我试图趁不严重赶快游到池边，可五米的距离比我想象得要远得多，我大口地喝着水，在不断的浮浮沉沉中明显地越坠越深。我想，救生员不在，他也还没来，这下我完了。我终于在人生的顶峰玩儿了完，倒是与我读书时为自己做的人生设计相符，而且新买的这套比基尼还能让我看上去死得比较香艳。

一双有力的手从后面猛地托住了我并将我举出水面，转眼便把我丢在池边。我拼力地咳嗽喘气，又呕又吐。

等我终于平息下来，那人问："怎么样？要不要去医院？"

我心里这个气，这下人算是丢尽了。便气冲冲地质问："你怎么这时候才来救我？！差点儿淹死我了！"

他看我没事儿，戏谑地说："我哪儿知道你在干嘛呀，也不喊救命，就在那儿伸着兰花指摇啊挥的，还以为你又想招谁的眼球呢。"

"我呸！"

我请他和他的漂亮女友吃饭以表达感谢之情，可他拒绝了。他说小事一桩。我也没有坚持，与他的女友同桌吃饭想来也没什么趣。我买了条跟拴狗的链子差不多的金项链，做为送给他的答谢礼物。

他看着那条链子，说："这么寒碜的东西，真不像是你的品味，只有一个解释，就是存心糟蹋我，把我当成英雄犬来表彰。"

我说："我还真就这品味，其实我是想送你金条来着，实在不知道哪儿弄去，只好这么着了。我可没逼你非戴上不可啊。"

"那，我能不能问问你这条命值多少钱呢？"

"在水里时我觉得自己挺值钱的，可等我站在柜台前挑链子时，就觉得自己值不了几个钱了。"

他还当真把链子戴上了，雄纠纠地走出游泳池，带着女朋友飞驰而去。

———

自从有了儿子，我的生活就进入了一种波澜不惊的状态。

孩子是这么一个奇怪的小东西，他能不费吹灰之力就把你的所有空间、时间统统占用得干干净净。我发现，有时连从从容容地上厕所也是一种奢侈。我的自由和闲情逸致变成遥远的过去和不可触及的未来，而我居然还会乐此不疲。而这还不是最奇怪的，更奇怪的是，我突然发现自己已经变得面目全非，张开嘴说的就是孩子，闭上嘴想的还是孩子，在街上看到小宝宝就笑，甚至宝宝妈妈不信任的眼神都不能阻止我上去与那宝宝搭话。我已经婆婆妈妈到了令人发指的程度却浑然不觉，甚至还沾沾自喜。

我的所有曾经的理想都不翼而飞，最后就剩下一个：安安稳稳地与男人儿子过一辈子。

——

接下来的两周，那人都没再来俱乐部，我躺在躺椅里想，这回我算是遇到高手了，这么会吊女人胃口。好在我一向是慢性子，而且喜欢等待的感觉。

第三周，他又出现在男更衣室的出口处。脖子上金光闪闪，向我挥挥手。我也举起手，伸着夸张的兰花指向他摇动。

他一头钻进水里，蛙泳、自由泳、蝶泳、仰泳，下潜，然后在我脚下突然窜出水面。

我坐直身体，温柔地望着他，看到他脸上放射出激情的光芒之后，又慢慢躺下。

"你在等我是不是？"他躺在我身边的椅子里问。

"你说呢？"我幽幽地答。

"我出差了。昨天刚回来。"

"噢？"我转过脸来看看他，"你为什么解释呢？其实你解释我也不会信是不是？我知道你是故意消失一下看看我的反应的。"

"你干嘛这么自以为是？我真的是出差了。我想给你打电话来着，可又觉得没有道理，万一是我自做多情多没面子。"

我闭着眼睛哼了一下。

"一会儿一起吃饭吧，我请客。"他说。

"不想。我不想当电灯泡。"

"只你和我。"

"噢？又一个女朋友出局了？"

他没有正面回答，只是追问："去不去？"

"当然去，帅哥请客我怎么会拒绝呢。你知道我等这天都等了半年了。"

他咧嘴一笑，用手指刮了我鼻子一下："好，我再游一刻钟我们就出发。"

"那，我先去冲澡，在休息室等你。"

我认真地洗了个澡，在腋下洒了一点点香水，换上三周前买的一直放在俱乐部里备用的蕾丝花边半透明胸衣，T型内裤，检查了一下随身手包里的避孕套，一切都安排就绪。

———

如果让我重新选择，我大概不会选择生儿育女，甚至可能都不会结婚。人活着到底有多少种方式，到底那一种才是好的，这个问题谁也说不清楚。

读书的时候，我曾夸下海口一辈子不结婚一辈子不生孩子，我要潇潇洒洒地走遍南北半球，与各种肤色各种背景的男人倾心相爱、悲情告别。我竖着博爱滥情的大旗在校园里四处招摇了四年，却不想刚出校门还没跑出去百公尺，大旗就已折倒在一个沉默寡言的文弱书生脚下。与他结婚后，我还挣扎着想坚持不生孩子，但终于当三十二岁零三个月的那次月经没有如期而至时，我彻底地妥协了。

我现在开始逢人就说："做女人就应该结婚生子，这样才是个完整完美的女人。"

我也不知道这是在说服别人还是在说服自己。

——

我和他很默契地在饭后步到酒店的前台，我看着他开了个套间，在一旁笑着说："你是不是太奢侈？一个人还要住套房。"

我的口气里强调了"一个人"这个词，好像故意给前台小姐听似的。我在心里骂自己真是又想当婊子又要立牌坊彻头彻尾一个假正经的混蛋。

我给他套套的时候，他很不情愿，他说他最讨厌穿雨衣洗澡。我说："那你就不怕我有艾滋病？"他说，"去他妈的，能跟你这样的女人在一起，得艾滋就得吧，大不了咱俩一起混到死。"我说，"我才不呢，我还想多快活几年。"

他问："你是不是整天揣着套套逛啊？"

我说："快乐第二，安全第一。"

我躺在地毯上想，其实，从肉体上讲，和从前每一次的艳遇相仿，他并没有带来更多的快乐，可我却仍然沉迷于这种放纵之中，为每一次放纵准备激情和情调，不惜代价。或许是上床前的那一段不可估测的进程让我激动，可事实上，几乎每一次的结果都在我的意料之中，只是或迟或早而已。

我快乐吗？我不快乐吗？

这些似乎都不重要。记得美国有一个驻法国女大使，她的信条是：宁可绯闻不断也不能忍受别人的忘记。当她七十几岁去世的时候，法国人怀着敬仰之情纪念着她。我想，在她的心里，也许也是通过男人印证自己的价值。

可通过男人可以印证女人的哪些价值，又能印证出女人的什么价值呢？

我懒得再去想这种公说公有理婆说婆有理的辩题。我钻进那人的怀里，逼着他重整雄风。

"你怎么这么难对付啊？"他困倦地说。

"我半年多没吃饭了，还不行我吃撑一次啊？！"

——

我曾经坚持着经济独立的信念。"经济基础决定上层建筑"，这一点，读过政治经济学初级班的人都知道。可是，当儿子的抚养教育成了问题时，我不得不再次放弃自己的信念，回家做了家庭主妇。我就这么一步步退守，最终成了传统得不能再传统的女人。

我理直气壮地跟男人要钱，告诉他，嫁汉嫁汉，穿衣吃饭，我嫁了你，你就该着我了，这辈子就耗你身上吃定你了。

我也心怀惴惴地偷偷翻过他的皮包口袋手机记录，看看自己的地位是否还稳固。

我鼓吹男女有别，男人就得去创业养家，女人则应以家系男人的心，像放风筝一样，把男人放飞在自己的天空里。

——

清晨醒来的时候，那人还在睡着。我收拾好自己的东西，轻手轻脚地出了门。回到自己的家，洗澡换衣服，我就又换了一个人。

手机在响，是那人的号码，可我没接。我也不打算再去那家俱乐部了，生活应该翻开新一页。

——

我停住笔。那女人新的一页想必不过是一个新的男主角，所有的故事却不会再有什么新意。我呢？

　　我的生活是不是也应该翻开新的一页呢，比如，我是不是应该再去找一份工作。

　　我轻轻地用手指扣打桌子。手边的咖啡已经凉透了，没有一点儿香味。

# 有关性的胡思乱想

有一天孩子他爹突然心血来潮，问："你最想要的性是什么样的？"这个问题真的不是很好回答。

性一直是个忌讳，虽然我一直认为它是美丽的，但却还是无法彻底摆脱几千年的文化传承到我的潜意识里的压抑。

那么，就让我妄想一次吧。

我想，故事一定是发生在温暖明媚的夏天，而且，是在北方。因为，只有北方的夏天才是清爽的，热得干脆，而不是粘搭搭的濡热。当斜阳渐落，暮蔼四合，风一点儿一点儿地变得清凉，让人的心不由的就慢慢地沉静下来。

于是，我让自己在这样一个夏季里有一个短暂的休假，独自跑到北方，躲在一个依山傍湖的渡假村里。

当我写到这里，我的心里真真切切地苦笑起来。这样的理想，对于一个徐娘半老家有一个嗷嗷待哺的孩子的女人来说，简直就是一个童话。但，就请容我做一个梦吧，一个华丽的不着边际的梦，安抚我这平淡的生活。

在几天的休假里，我拼命地补觉，在酒店的床上睡，在湖边沙滩上睡，在半山的林子里睡，在所有舒服的能晒到暖暖的阳光的地方睡，没有儿子的三餐屎尿的打断，我可以毫无顾忌地在任何时间入睡，一直睡到自然醒。这是何等的幸福啊。

到第五天的清早，我终于把自己睡恶心了，我从床上爬起来，对着镜子，看到自己的脸色恢复了年轻时的红润，眼睛也变得明亮，甚至我的鼻子都敏锐起来。我闻到了夜里暴雨之后山林里特有的芬芳从门窗的缝隙挤进来，让我心为之荡漾。

我舒舒服服地吃了一顿早餐，热热的小米粥，香脆的烤馒头片，几样小菜，它们让我的胃暖洋洋的，格外充实。

然后，我换上轻薄的灰蓝色长袖长腿的棉质运动装，戴上一顶灰蓝色的棒球帽，脚上是新买的黑色登山靴，在背包里塞了两瓶矿泉水，几片面包和香肠，今天是我假期的最后一天，明天一早，我就得赶航班飞回我那现实的生活去。所以，我打算狠狠地累自己一下，让我记住这个美好的假期。

我的目标是我目光所见的最高的山峰，我不知道有没有路通到那里，但我就是喜欢这种未知。不过，我还是打听了当地人，他们打量着纤弱的我说：以你的体力，如果没有半路被累趴下，最快也得一个对时才能往返。

我笑了，我知道他们都小看了我。

一个半小时以后，我就把旅游渡假区里的人声完全地抛在身后了。我穿行在寂静的山林里，身边左右有的是娇艳的野花，密结的蛛网，偶尔迷途的蝴蝶。

其实，我是个方向感很差的人，就算在北京这座正南正北的城市里，我一样的分不清东西南北，随便拐几个弯，我就迷路了。所以，我很少单独出行，尤其是去荒郊野外，那简直是有去无还。而且，自从生了孩子，随着孩子的茁壮成长，我的体力却是日渐流失。早晨出门前因为儿子的纠缠晚了两分钟，快到路口时看到班车已经到了，于是，奋起直追，一百米不到的距离，我把自己跑得差点儿心脏脱落，上了车，张着大嘴，足足五分钟，一句话也说不出来。岁月不饶人啊，怎能想象，十几年前，瘦弱的我扛着两个人的行李和两杆步枪第一个完成了军训时的五公里越野跑。

我穿行在林中，一点儿也没担心迷路，也没担心遇到无良的人。做梦真好啊，梦里一切都可以完美，没有威胁，没有顾忌。

山势渐渐地陡峭起来，路也越来越难行，但我却我越走越有劲儿，并放开喉咙唱起了歌。

别哭，我最爱的人

今夜我如昙花绽放

在最美的刹那间凋零

你的泪也挽不回地枯萎

我喜欢郑智化，大学的时候，郑智化是唯一出现在我床头的明星。一张大大的广告招贴画，是我半夜从一家卖磁带的小店的门口偷偷揭下来的。他卷发，戴着一条土黄色的毛围巾，一件土黄色的夹克衫，整个画面的背景就是浓浓淡淡的黄色，使他的笑容显得格外灿烂，一点儿也不忧郁。只照了胸部以上，所以他是完美的，在我的床头对着十八岁的我笑。

我不喜欢梦露，也没觉得她怎么漂亮，但我羡慕她在人生最辉煌的时刻死去，于是留在世人心目中是，就是完美。赫本的美是我所仰慕的，她晚年的照片尽管依然风度非凡，却还是不可遏制地让我在心里为青春的远逝而流泪。

十八岁的我扬言要在三十岁那年平静地受死。在最美的刹那凋零在爱人的怀里，任他的泪水狂流，也无可挽回。

而今天，我已经三十四了，我仍然滋润地活着，并会偶尔地幻想儿子娶媳妇的那一天。

在正午时分，我登上了最高峰。但我几乎看不到什么，周围都是参天的树木，甚至我都不知道自己到底是不是到了峰顶。我想找一块突出的岩石，以便享受一下一览众山小的滋味，可是没有。我东一头西一头地乱窜，最后终于找到了一块平缓的草地，方圆近百米的地方，一棵树也没有，让我怀疑树可能是被人偷伐了。我站在这里，勉强地可以看到一些风景在我的脚下。

那湖碧水如温玉一样躺在群山怀抱，我所住的渡假村，几乎是看不到的。

没有树木的遮挡，正午的阳光还是让人受不了。我钻进林子里，找了块干净的地方，解下背包。饿了，面包香肠榨菜也是好吃的。

我是不是扯得太远了？关于性的幻想，还只字未提。

但，性到底是什么东西？难道只是性器的相触和满足吗？不，不，不，别这样吓我，如果性真的堕落到性器的相触和满足，我想，我宁可去做尼姑或者直接死去算了。

我相信，性和爱情一样，需要漫长舒缓的前奏，需要美丽的背景，让你回首时，感觉一切如沐春风。

吃完了东西，我真的感到累了，我躺在带来的席子上，那是块朋友送的据说是南韩产的席子，非常的轻，也很薄，棉一样的软，还防水隔潮，专门为野营野餐设计的。

我躺在席子上，正上方，是密密层层的树枝树叶，山顶的风还比较大，尤其是树梢上，风过处，有斑斑驳驳的光影透进来，散在我的脸上，一会儿这儿，一会儿那儿，竟让我有点晕眩了。我闭上眼睛，竟睡着了。

我一觉醒来，一时间想不起自己在什么地方，我惊慌地坐起来，四下张望，于是我就看到了他。

他坐在离我五米远的地方，背靠着一棵树，面对着我。

他是一副标准的登山的打扮，尤其是那个大背包，都快赶上我高了。后来我对他说，真想让你把我装在你的背包里，背着我走吧。

他看我醒了，站起来向我走过来。他很高，也很健壮，动作慢，但敏捷。他走到我的席子边，坐下来。我们面对面互相打量着，他应该很英俊，我喜欢英俊的男人，干脆利索的脸部线条，鼻直口正，眼睛深邃。

我等着他开口，他于是说："你怎么这么大的胆子，一个单身女人在深山老林里睡觉。"

我说："我累了，不小心就睡着了。"

"你也喜欢登山？"他问。

我笑了，说："我这哪里算得上登山，顶多了算是爬山。"

我于是爬起来，收拾东西，塞回到自己的包包里。

我准备下山了，回头看着他重新背上他那硕大的背包，我问他："你的包里都装了什么呀，这么大？"

他说："所有野外生存需要的东西都有。"

我问："有帐蓬吗？"

"有。"

"锅碗瓢勺呢？"

"有。"

"避孕套呢？"

他吃惊地看着我，眼睛一下子瞪得几乎弹出眼眶。我哈哈大笑，几乎快笑岔气了。

我曾经生活在一个粗俗的环境里，因为老板喜欢，所以，我的周围充斥着各种各样的黄段子。那些男同事们毫不遮掩地顺嘴把这些段子塞进我的耳朵，令我如被强奸似的难受。可我无力反抗，在这个社会里，从性的角度来看，女人永远都不可能成为优势群体。天长日久，我已经木然了，在饭桌上，我听着黄段子可以面不改色地继续开怀大吃，然后用嘲弄的微笑看着满桌得意地狂笑着的男人和面红耳赤哭笑不得的女孩或少妇们。

我知道这世上，终究是女人被男人调侃、调戏，唯有在爱情里，男人可以被女人调侃和调戏。

我快活地从他面前走过，奔向下山的路。

他在我身后叫住我。

他说："你不是本地人，是游客吧。"

我说，"是啊，当然啦。"

他说，"那我带你去更好看的地方你敢吗？"

我歪着头看着他，"怎么个好看法儿呢？"

他说："去了你就知道了。"他挑衅地看着我。

我说："你头前带路！"

我来的时候，路并不像我想象的那样荒，一路上，我其实都是踩着前人的足迹的，林中一直有蜿蜒的小径告诉我：别怕，这里是有人迹的地方。同时也是提醒我：别以为你是一个别出心裁的人。

但跟着他，我完全地偏离的人迹。我于是也就完全地迷路了。如果他半路把我扔了，我想我是死也找不到回去人世间的路的，我只能任他宰割了。

我应该害怕了，我还有一个不满三岁的孩子呀，我还有年迈的父母呀，我还有一份很好很好的工作呀，我还有长长的后半生呀，我可不想死啊。

可是我没有害怕。我的脚步毫不迟疑地跟着他，好像我知道，把一切交给他是最安全也最可靠的。

我和老九在夜里长谈，我不认识老九，他是我刚结识的网友。他说，"你说什么叫爱情？当你完完全全把自己交给对方，当你只知道付出，完全不懂得索取的时候，那才是爱情，也只有这种时候，你是幸福的，没有痛苦的。"

我给儿子买的一本书，书名叫《给予是最好的礼物》，给予是最好的礼物，不但是对人，也是对己。

　　是的，只是付出才是幸福的，一旦当你有了欲望，有了期望，痛苦也就产生了。

　　世上的道理我们都懂得，可又有几个人能做到完全的付出不记回报？我知道什么可以让痛苦产生，但我仍然不可避免地要痛苦。

　　显然他对这一片山熟悉得不能再熟悉了，虽然没有路，但他走得毫不犹豫。他一路提携着我，用他健壮的身体为我在枝枝桠桠的树林里开出一条路，我庆幸自己穿了长袖长腿的衣服，否则，早被那些枝呀藤啊刮得血肉模糊了。

　　我们居然一路都没有说话。我想语言真是个奇怪的东西，它之所有产生是为了表达人类的思想，沟通人与人之间的关系，可是也正是语言，使人与人之间产生了更深刻的分歧，我们说呀说呀说，拼命地想让别人了解我们的真实想法，可事实上，我们说得越多，被误解的也就更离谱。

　　我相信真正的理解往往只在一个眼神。在人群中，你一眼望去，就知道谁是自己的同类。

　　他的手握着我的手，时松时紧，却总是恰到好处，在我需要的时候，准确地助我一臂之力。就凭这只手，我知道一切语言都是苍白的。

　　我歪着头仰望他的脸，他扭头匆匆地瞥了我一眼，笑了一下，脸上立刻出现了一些皱褶，旋即消失。那是一张经常在野外活动的脸，有风沙的痕迹。

　　我不喜欢光滑的男性的脸，光滑只能说明两件事，要么是年轻稚幼，要么是养尊处优。男人应该是野外的动物，他们应该在风雨里穿梭往来，狂放不羁，威武不屈。

　　最后，在夕照下，已经筋疲力尽的我被他拖曳着到达了他的目的地。

　　那是一个小小的山谷，不知哪里的山泉从山上跌成一个小小的瀑布，下面积了一个小而浅的水潭，然后形成一条窄窄的小溪，蜿蜒地沿着山谷流了下去。斜阳照着这挂小小的瀑布，水花斑斓。旁边是一丛丛生在山崖上的小树。

我一屁股坐在小溪边的一块大石上，连解下背包的力气都没有了，就让背包在后面撑着我，坐在那儿发呆。

他解下背包，居然在溪边开始埋锅造饭了。他的背包里，居然也真的有锅碗瓢勺，他很快地支起了架子，吊上小锅，笼了一堆火，开始烧水煮面。在煮面的过程中，他开了两瓶罐头，支好一顶帐篷。

我认识很多会做好吃的饭菜并热爱厨师艺的男人。莫名地，我喜欢这样的男人，因为，往往地，他们都是会生活的并热爱生活的人。吃是人生的一大乐趣，尤其当我被牙痛折磨了一周多的时候，我更加相信，吃是人生最大的乐趣之一。

很快，面就煮好了，没见他放什么东西，却格外地香，我想我肯定是饿得眼睛都蓝了，居然觉得这是有生以来最好吃的面。

我狼吞虎咽地吃完了一大碗面，仰倒在大石头上，一动也不能动。石头被晒了整整一天，滚烫的，把我一身的劳累都烫平了。

我听到了四溅的水声，扭头看到他赤裸地站在瀑布下来，我看到他倒三角的背，窄窄的腰，棱角清晰的臀和腿部肌肉，在夕阳里反射着棕色的光芒。

当我想到男人这个词，我第一个反应就是棕色和棱角。白嫩的，圆滑的，那能叫做男人吗？

我痴痴地望着他，他舒服地享受着天然的淋浴，伸胳膊炮腿儿的，像只欢快地跃入池塘里的小鸭子。他甩头间看到我痴痴的目光，竟一点儿也没有尴尬，大声问："你不来吗？"

我是该洗一洗的，我身上的汗虽被渐晚的风吹干，但粘搭搭的很不舒服。但我不能，我知道我这养尊处优的躯体肯定受不了自然山泉的清凉。

他从水帘里钻出来，用毛巾擦干身体，穿上三角短裤，躺在另一块大石头上，长长地很爽地朝天空呼啸了一声。

他对着天空说："你如果怕冷，可以到潭水里洗一下。"

我敢吗？

我肯定是不敢的。在荒山野岭，当着一个陌生的男性，脱光自己的衣服，从容入浴，我不敢啊。

可我多么想啊，起码，我可以做这样的梦啊。

我脱掉衣服，走进齐腰深的潭水里。天啊，为什么我的胸是坠的呢？它们早已失去年轻时的娇挺，软绵绵地垂着。我背对着他，蹲下身子，不让自己也不让他看到这份尴尬。我的长发在水面上散开，盛开，像一朵黑色的莲。

我伸长手臂，它们白白的，皮肤松软，没有光泽，我多么希望它们是金色的，紧绷绷地闪动金属的亮泽啊。

我想这是多么的荒谬啊，当我拥有金色的紧绷绷地闪动金属光泽的肌肤时，我那么样的青涩，我什么都不懂，包括爱情，包括性，我空有一副追求致美爱情和性的好皮囊，却不知如何使用。而当我终于知道自己想要什么并懂得如何追求和享受它们的时候，我的肉体已经凋零。

我相信他正看着我，可我没有勇气回眸一笑。

令我失去勇气的，不仅仅是我下坠的胸。

我生活在四季恒温的办公室里，我每天穿着整洁的衣服，就连牛仔裤也是每天都要扔进洗衣机里洗一遍的，我中规中矩，连笑的时候露出几颗牙都是对着镜子练过的。所以我不可避免地接受了千年来传承的最基本的关于性的耻辱感。

性的坦荡只存在于游荡在野外的生物。我爱动物世界的片子，那些无论凶猛的还是温良的动物，当他们沐浴在爱河里——你不相信它们的爱情吗？噢，老天，它们的爱情是那么的单纯和直截了当，它们那么从容地享受着，彼此奉献和娱悦。它们没有耻辱感。当雌虎被雄虎弄痛吼叫一声回头咬向雄虎而雄虎闪身躲避时，你能看到它们的直白。

我喜欢一切直白的表达，可我已经学会了曲意婉转，我把自己的需求都藏在华丽的词藻中，扑朔迷离，所以，我知道老九是对的，文字不过是扯淡。

我用毛巾掩着下身走出潭水，穿上衣服。

他一直毫不回避地盯着我看。可是他的目光是多么的清澈啊，就像我刚刚沐浴的那潭水一样的清冽。

他说："你真美啊。"

我说："是吗？可我觉得不如你美。"

太阳只有一半还在山顶，我们的山谷已经暮色迷茫。我知道我不可能回到酒店那张舒适的大床上了。

我和他并肩坐在石头上，看着夕阳一点点儿地消失了，天慢慢地变成黑蓝色，星星也出来了。

山谷里的风是凉的，我在他的怀里，用他的体温温暖着自己。

有一段时间，我去新浪的聊天室玩。我给自己起的名字叫"体验生活"。每当我进入聊天室，都会有前赴后继的男性问我要体验什么生活，要不要体验性生活。我说好吧，显示一下你的性能力吧。我让他们尽情的畅想，我说，如果你有本事挑逗起我的性欲，我就给你我的电话。他们无一例外地向我炫耀他们性器的大小，持续时间的长短，以及所有所有在色情文学中可以看得到的性技巧。

面对这样的文字，我怎么可能有性欲，我在电脑的这一端哈哈大笑，招呼孩子他爸来看热闹。

可现在，当我在他的怀里，他的手安静地交叉在我背后搂着我，他的脸离我足有一尺远，气息也完全没有吹到我的皮肤上，他一句话也没有说，我却已经难以克制地面色潮红了。

我无限憧憬地望着他，解开他的衣襟，把脸贴在他的赤裸的胸口。他低下头凝望着我，目光里只有平和的温柔。

在黎明前最黑暗的时刻，山谷里一片寂静。他安详地躺在我的怀里，头拱在我的胸前，像我那娇嫩的小儿一样。我轻轻地从他的颈下抽出手臂，他微微地呻吟了一声，换了个姿势，仍然沉沉睡去。

我钻出帐蓬，四下里一片黑暗，唯有漫天闪烁的星斗。

我肯定是找不到回酒店的路的，但我必须回去。好在我是在梦里，于是我竟飞越了漫漫的绵延的山峰密林，准时地在清晨到达酒店，结帐，赶上了回到尘世的航班。

我那完美的爱人，他沉睡在那无人知道的山谷里，当朝阳照耀他的脸，他翻身坐起来，熟练地收拾了他的帐蓬，背上他那可以装下我的背包，继续他的路程。

# 尾声

这些年，三子在网上结识了一大批妈妈。随着娃们一天天长大，三子与其中几位的话题也终于从奶粉尿片中突围而出，触及到那些令她们一时有心无力却又念念忘的话题，并在夜深人静时，彼此分享几段真真假假的故事。

故事里的痴男怨女原也想着要一场文学大师笔下的经典爱情。可毕竟爱情最难的就是在两个大活人之间保持光鲜久长，结婚不能保鲜，不结婚仍然不能保鲜。这一点想必文学大师都了然于胸，他们不能选择王子公主的童话结尾，那么为了让爱情活只能让爱人死，比如林妹妹魂归离恨天、安娜·卡列尼娜香消玉碎之类。可轮到凡夫俗子们，哪有几个真肯为了爱情牺牲自己的小命？所以，他们的爱情大多不尴不尬地苟延残喘在蓬勃的生命里，等着在鸡毛蒜皮的小事慢慢寿终正寝。

但不知为什么，这样的故事反倒令三子感动。无奈和难堪往往正是凡人爱情的真情实感，是三子心目中生活本来的样子。

前不久，三子去赴大学同学会。身边坐的那位正在发福并开始谢顶的男人，却是当年条顺盘靓的帅哥。他盯着三子看了半天，无限感喟时光流逝。而三子盯着转盘上的锅包肉和小鸡炖榛蘑，吃得淋漓尽致，并谆谆教诲他：有菜堪吃直须吃，莫待无菜悔已迟。

此时，三子照常目送女儿蹦蹦哒哒地进了舞蹈教室，没有像以往一样走进休息室，而是折身出了大楼。

人行道旁一丛丛一簇簇的迎春，枝条翠嫩嫩、韧柔柔地已经透出蓬蓬勃勃的活力，上周还不见的灿黄花苞星星点点地冒出来。春天的空气里总有什么东西让人振奋。

那些白日梦也该醒醒了。

# 作者简介


　　**林孖**，一个热爱码字的理工生；一个总在漂泊的宅女；一个积极生活的悲观主义者；一个现实冷静的梦游人；一个矛盾又有趣的灵魂。


　　从东北农村走出来，路过乡镇、经过帝都、来到加拿大。没有炫目的履历，白天跟数据、代码打交道，在夜深人静时，提起笔，尝试给平淡的生活增加几笔线条、涂抹别样的色彩。谁的生活不需要故事呢？多一个好看的故事，人生的路上，就多亮了一盏灯。